Medaliony

Zofia Nałkowska

メダリオン

ゾフィア・ナウコフスカ
加藤有子 訳

東欧の想像力
12

松籟社

メダリオン

Medaliony

by

Zofia Nałkowska

Translated from the Polish by Ariko Kato

人間が人間にこの運命を用意した

第二次大戦前後のポーランド地図

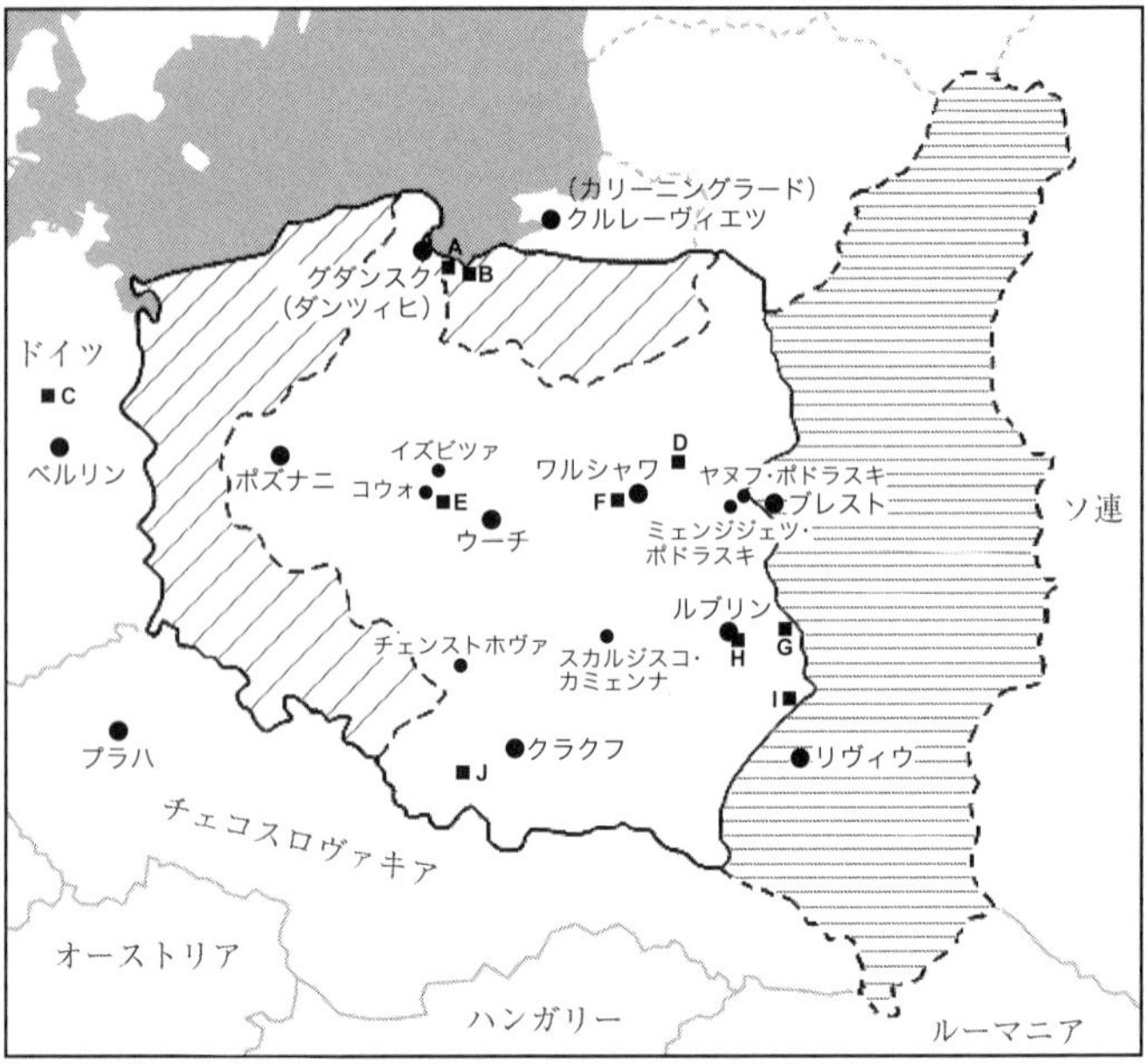

——— 第二次大戦後のポーランド国境線
- - - - リガ条約（1921）締結後のポーランド国境線

第二次大戦後、ドイツから獲得した領土
第二次大戦後、ソ連に割譲した領土

■ 本書に関係する収容所の所在地（*は絶滅収容所）

A　シュトゥトーヴォ（シュトゥットホーフ収容所）
B　エルブロンク
C　ラーヴェンスブリュック
D　トレブリンカ*
E　ヘウムノ*
F　プルシクフ
G　ソビブル*
H　マイダネク*
I　ベウジェツ*
J　オシフィエンチム（アウシュヴィッツ）＝ブジェジンカ（ビルケナウ）*

目次

シュパンナー教授

一.

そこに私たちがやってきたのはその朝で二度目だった。ちょっと冷える穏やかな五月の日である。海からの風がさわやかに吹いて、はるか昔に起きた何かを思い出させた。舗装された広い通りの木々の向こうに壁の囲いがあって、その向こうに広大な中庭が開けていた。これから何を目にすることになるのか、私たちはすでに知っていた。

今回は二人の男性と一緒だった。彼らはシュパンナー氏の「同僚」としてやってきた。どちらも教授であり、医者で学者でもあった。一人は背が高く、白髪でやせて貴族的な顔をしていた。もう一人も同じように背が高かったが、太っていた。その丸顔には善良さとともにそこはかとなく不安気な表情が浮かんでいた。

二人はかなり似通った服装をしていて、われわれ風ではなく、どちらかというと田舎っぽかった。良質のウールで織られた黒い春物のロングコートだった。頭にはこれまた黒の柔らかい帽子をかぶっていた。

しっくいの塗られていない質素なレンガ造りの建物が中庭の角に立っていた。解剖学研究所の入った大きな複合建築物のなかで、それは重要度の低い建物のようにしてあった。

私たちはまず、暗く広い地下室に降りた。はるか高いところにある窓から射しこむ斜光のなかに、死体が昨日のままに横たわっていた。薄いクリーム色をしたその裸の若い体は、不要となるこの瞬間までここで何ヶ月と待たされたにもかかわらず、硬質の彫刻のように完全な状態を保っていた。

あたかも石棺のように、蓋を持ち上げたセメント製の長い水槽に死体が横たわっていた——向きをそろえて、一つ、その上に一つと積まれていた。死体の腕は体に沿って下ろされており、埋葬の習慣に従って胸に交差されてはいなかった。頭はすっぱり切断面も滑らかに胴体から切り離され、まるで石でできているかのようだった。

これらの石棺の一つに、死者たちの重なりの上に、頭のない「水夫」が横たわっていた。剣闘士のように大柄で立派な若者だ。広い胸板には船の刺青が入っていた。二つの煙突を横切るように、意味を持たない信仰の言葉が入っていた。「神は我らとともに」

私たちは次から次と、死体でいっぱいの水槽を通り過ぎた。二人の外国紳士も一緒に歩いて、そして見た。彼らは医者であり、私たちよりもよく、この意味するところを理解した。大学付属解剖学研究所の必要に対し、死体は十四体の予備で間に合ったはずだ。ここにある死体は三百五十体だった。

これらの胴体から切り離された髪のない頭ばかりが入れられた二つの桶があった。人間の顔が次々に重なり、穴に投げ込まれたジャガイモのように転がっていた。落っこちてしまったかのように、あるものは枕に寝ているように横向きに、あるものは下向きに、あるいは仰向けになっていた。これらも黄色っぽくて滑らかで、保存状態もよく、石像のようにきれいに首から切断されていた。

一つの桶の隅に、クリーム色をした少年の小さな顔が仰向けになっていた。死んだときにようやく十八歳になったかというところであろう。わずかに斜視気味の黒っぽい目は閉じられておらず、辛うじてまぶたが伏せられていた。厚い唇は顔と色を同じくし、辛抱強い悲しみの微笑をたたえていた。

真っ直ぐ、くっきりのびる眉は不信感を込めたかのように、こめかみに向かって上がっていた。彼の理解を超えた、このうえなく奇妙な状況に置かれて、世界が下す最後の宣告を待ち受けていた。

死体の入った水槽がさらに続き、そのあと、半分に切断され、刻まれ、皮をはがれた人体の桶が続いた。一つの水槽だけ、ずっと数の少ない女性の死体が別にして置かれていた。

地下ではほかに、何も入っていない完成したての蓋なしの水槽をいくつか見た。生きている者が必要とする死体の備蓄が十分ではなかったこと、そしてこの大宴会をさらに拡大する意図があったことを示していた。

その後、二人の教授と私たちは赤い小さな小屋に移り、そこですっかり冷たくなった竈《かまど》の上に、黒っぽい液体がいっぱいに入った巨大な釜があるのを見た。事情に通じた人が蓋をちょっと持ち上げ、液体を滴らせ、煮られて皮のむけた人間の胴体を火掻き棒を使って表面に引き出した。

ほかの二つの釜には何もなかった。しかしその近くにあるガラスを嵌《は》めた棚には、頭蓋骨と脛骨《けいこつ》が陳列されていた。

私たちは一つの大きな箱を見て、さらにその中に脂肪を取り除かれ、標本化された人間の薄い皮膚が積み重ねられて層をなしているのを見た。棚には苛性ソーダの瓶があり、壁際にはモルタルの入った釜が壁に固定され、廃材と骨を焼却するための大きな炉があった。

最後に、背の高いテーブルのうえに白っぽくざらざらした石鹸のかけらと、干からびた石鹸がこびりついた金属製の型をいくつか認めた。

このときは、梯子《はしご》をのぼって天井裏に上がり、床高くまで埋め尽くす頭蓋骨と骨の山を見ることはしなかった。私たちは完全に焼け落ちた三つの建物の跡と、死体焼却炉と思しき金属製の釜と、非常にたくさんの管の残骸が見える中庭の一角に一瞬立ち止まっただけだった。赤い小屋にも二回、火が放たれたことが知られている。しかしその都度、火の手が上がるたびに発見されて、消し止められた。

私たちと一緒に外に出た二人の教授はすぐに我々から離れ、見知らぬ人に導かれて立ち去った。

二.

委員会の前で若い男が証言している。痩せて青白く、くっきりとした青い目をしている。事情聴取のために監獄から連れてこられた。われわれが何を望んでいるのか、見当もついていない。

思案しながら、真面目に悲しげに話す。しかし彼はポーランド語で話す。ちょっとだけ外国風のアクセントがあり、Rは舌先を震わして発音している。

自分はグダンスク[*1]の人間だと言う。小学校のあとさらに六学年を修め、高校卒業認定試験をパスした。彼は志願兵であり少年団員だった。戦争のときに捕虜になり、逃げた。通りの雪かき作業をし、そのあと弾薬工場で働いた。そしてまた逃げた。大体においてグダンスクの出来事だ。

父親が強制収容所送りになると、母親のところに一人のドイツ人の男が住みついた。このドイツ人が彼に解剖学研究所の仕事を与えた。こうしてシュパンナー教授に行き着いた。

シュパンナー教授は解剖学の本を執筆中で、死体標本の作製者として彼を雇った。大学で教授は講義を持ち、それは学生向けの標本作製講習といったものだった。自分の本を刊行し、その本を書くために研究した。彼の代理であるヴォールマン教授も働いたが、何かの本のためだったのか、それとも……はっきりしない。

あの付属の建物は一九四三年に焙煎所に変えられた。シュパンナーはそのとき、骨から肉と脂肪を分離する機械を欲しがったという。骨は骸骨標本になるはずだった。一九四四年、シュパンナー教授は学生たちに、死体から取り出した脂肪を別にして集めておくよう命じた。毎晩、講習が終わって学生たちが立ち去ると、人夫たちが脂肪の入った皿を集めた。血管の入った皿、肉の入った皿もあった。肉は捨てるか焼いた。しかし町の人々が警察に訴えたので、教授は焼却は夜にするように命じた。悪臭があまりにひどかったからだ。

学生たちは皮膚をすっかりきれいに取り除くようにも言われていた。そのあときれいに脂肪を、そして標本作成の教本通りに筋肉を取り去り骨にする。人夫たちが皿から集めた脂肪は、丸一冬寝かされ、そのあと学生たちが立ち去ってから、五、六日かけて石鹸にされた。

シュパンナー教授は人間の皮膚も集めた。標本作製長フォン・ベルゲンと一緒にそれをなめして、何かを作ったはずだ。

「標本作製長フォン・ベルゲン——彼は私の直接の上司でした。シュパンナー教授の代理はヴォールマン博士でした。シュパンナー教授は民間人でしたが、SS[*2]に医者として志願しました。」

今、シュパンナー教授がどこにいるか、囚人は知らない。

「シュパンナーは一九四五年の一月に発《た》ちました。出発するとき私たちに、学期中に集めた脂肪の作業を続けるように命じました。石鹸作りと解剖学をきちんとやって、しかるべく見えるよう片づけろ

＊1　ポーランド北部のバルト海に面した港湾都市。ドイツ語名ダンツィヒ。
＊2　ヒトラー親衛隊。

とも命じました。作り方の紙を片づけろとは言いません、忘れたのかもしれません。戻ると言いましたが、もう戻りませんでした。出て行ったあと、教授宛の郵便物はハレの解剖学研究所宛に転送しました。」

壁際の椅子に座り、窓に向かって光のなかで証言している。考えをめぐらせ、何がどうだったのか、一つも飛ばすことなくすべてを正確に話そうと、真剣に願っていることははっきりわかった。彼は一人、私たちは十数人いる。委員会のメンバーたちと町の役人、判事たちだ。

熱心すぎるあまり、時にははっきりしないこともある。

「作り方とは何ですか？」

「作り方は壁に掛かっていました。村出身のアシスタントの女性が村から石鹸の作り方を持ってきて、書き出したのです。コイテクという苗字の女《ひと》だった。技術アシスタントです。彼女も去りました、けれど向かった先はベルリンです。作り方のほかに、壁にはメモもありました。書いたのはフォン・ベルゲンです。そのメモは骸骨を作るために骨を完全にきれいにする方法でした。でも骨はうまくいかず、壊れてしまいました。温度が高すぎたのかもしれないし、溶液が強すぎたのかもしれません」――昔のその問題をまだ気にかけていた。

「あの作り方で石鹸はいつもうまくできました。ただ一度だけ失敗しました。焙煎所の机の上に残っていた最後のもの、あれは失敗作です。

石鹸の製造は焙煎所で行われました。製造はシュパンナー教授自らが、標本作製長フォン・ベルゲンと一緒に指揮しました。死体を取りに出かけていた人です。私も彼と行ったかですって？ そうです。二回だけ行きました。それからグダンスクの監獄にも一度。

死体は最初は精神病院から持ってきましたが、まもなく足りなくなりました。そのときシュパンナーはあちこちの市長に手紙を書き、死体を埋葬しないように、研究所が死体を取りに人を送るからと言ってやりました。シュトゥットホーフの収容所[*1]から、クルレーヴィエツ[*2]から死刑囚を、エルブロンク[*3]から、全ポモージェ地方[*4]から運んできました。グダンスクの監獄にギロチンが設置されてようやく、死体が足りるようになりました。

＊1　グダンスクに近いバルト海沿岸のシュトゥットーヴォ村近郊に作られたナチス・ドイツの強制収容所。
＊2　カリーニングラートのポーランド語名。
＊3　シュトゥットホーフ収容所に近い町で、同収容所管轄の収容所が作られた。
＊4　グダンスクを含む海岸地帯。

だいたいポーランド人の死体でした。でも一度はドイツ人の軍人たちがいました。監獄で式典のときに首を切り落とされたのです。ロシア風の姓の死体が四つか五つ運び込まれたこともありました。フォン・ベルゲンは死体をいつも夜に運び込みました。」

「何の式典だったのですか？」

「監獄のなかの式典です。ギロチンの聖別です。所長であるシュパンナーやいろいろな客が招かれました。所長は標本作製長のフォン・ベルゲンと私を連れて行きました。どうして私を連れて行ったのかはわかりません。私は招待されていなかったのです。客は車で来る者もあれば、徒歩で来る者もいました。みんなあのホールに入っていきました。でも私たちは入らず、ただ待っていなくてはなりませんでした。私たちはもうギロチンと絞首台を見ていましたから。あの四人のドイツ軍人の死刑囚がいたのはこのときです。聖別したのもドイツ人司祭でしょう。

一人の囚人が中に入れられるところを見ました。後ろ手に手錠をかけられ、はだしで足は真っ黒、ズボンだけつけてほとんど裸でした。

すみれ色のカーテンが掛かっていて、その後ろにもう一つ部屋があり、検事がいました。標本作製長はあとで死刑執行人と話をし、語ってくれました。彼らは検事の言葉、ざわめき、引っ張る音、誰かが走っているかのように足を踏み鳴らす音を聞いたのです。そして鉄がぶつかる音がした。死刑執行人が刑が執行されたことを告げました。そして私たちも、四つの死体が蓋の開いた棺に入って運び出されるさまを見ていました。

この聖別に立ち会ったのが司祭かどうかはわかりません。でも軍服姿の一人の軍人は司祭だと言っていました。

あるときこの牢獄からフォン・ベルゲンはヴォールマンと一緒に死体を百体運んできました。

しかし、まもなくシュパンナーは頭つきの死体をほしがるようになりました。射殺された死体もいやがりました。手間がかかりすぎるし、腐って臭ってきたからです。たとえば一人のドイツ人軍人が死刑を執行されました。この人の脚は折れていたうえ弾も貫通していた。しかも頭がなかった。すべてが一度にです。精神病院からくる死体には頭がついていました。

シュパンナーはいつも予備の死体をとっておきました。あとで死体が少なくなると、頭なしの死体も受け取らざるをえなくなりました。

あの頭のない大きな水兵はグダンスクの監獄からきたものです。半分に切断されている死体は、そうしないと鍋に入らず、はまらなかったからです。

一人の人間から取れる脂肪はだいたい五キロです。脂肪は焙煎所の石の水槽に保管されました。どのくらいの量、ですか?」

長いこと考える。できるだけ正確でありたいのだ。

「一・五ツェトネル*1」

しかしすぐにつけ加える。

「昔はそうでした。ただ最後はもっと少なかった。第三帝国領に撤退し始めたころは――一ツェトネルくらいでした……。

石鹸の製造のことは誰にも知られてはなりませんでした。シュパンナーは学生たちにも言うことを禁じました。しかし彼らはそこで見ていましたし、あとで誰かが誰かに言ったかもしれない。だからきっと知っていました……。一度はこんなこともありました。焙煎所に四人の学生が呼ばれ、彼らも一緒に煮炊きしました。でも毎日製品に近づけたのは所長と標本作製長、私、そして二人の人夫でした。この二人はドイツ人です。完成した石鹸はシュパンナー博士が引き取り、管理しました。」

「完成した石鹸？　ええ、どう作るかというと――最初それはやわらかいので、冷まさなければなりません。そのときに刻みます。シュパンナーは石鹸をしまって鍵をかけました。そこには石鹸だけではなく、機械もありました。五人が出入りしました。他の人たちが入りたいときは鍵を頼まねばなりませんでした。」

「なぜ秘密だったのですか？」

この問いに長いこと考え込んでいた。自分の知識を総動員して答えたいのだ。

「シュパンナーは恐れていたのかもしれません、あるいは……」集中して考え込んだ。「私の考えですが、もしも誰か町の一般市民が知ったら、何か騒ぎになったのだろうと思います。」

私たちと彼の間にも「すみれ色のカーテン」のようなものがあちこち掛かっているように思えた。彼にどうする術もなかった。

ついに誰かが尋ねた。

「人間の脂肪から石鹸を作るのは犯罪だと、誰も君たちには言わなかったのでしょうか？」

完全なる誠実さをもって答えた。

「そのことは誰も私に言いませんでした。」

それでもこのことは彼を考え込ませた。続く質問にはすぐに答えない。ついに、気が進まないながらも言う。

「もちろん、いろんな人が研究所とシュパンナーのところにやってきました。クロツ教授、シュミッ

＊1　一ツェトネルは約五十キログラム。

ト教授、ロスマン教授が来ました。衛生研究所には厚生大臣も一度やってきましたし、教育大臣、区長フォルスターも来ました。医学アカデミーの総長として彼らを迎えたのはグロスマン教授でした。何人かはあの小屋がまだないときに来ましたので、解剖学研究所だけを見学しました。どんな具合になっているのか、何か足りないものはないか、調査しました。とはいえ、もう焙煎所はありました。ええ、あの石鹸はいつも四、五日後には片付けられました。彼らが石鹸を見たかどうかははっきり言えません。見たかもしれません。視察のときにも作り方はいつも掛かっていましたから。だから読めば、そこで何を煮ているかは多分わかったはずです。」

「はい、所長は私に人夫たちと石鹸を作るよう命じました。なぜ私に？　知りません。シュパンナーのことはあんなふうに石鹸をしまっていたので、横領でもしているんじゃないかと思っていました。石鹸について本を書くつもりなら、あんな風に私たちに、石鹸について話すことを禁じるでしょうか。もしかして、残骸から石鹸を作ることを考えついたのは彼なのかもしれません……。きっと命令はなかったのです、だって、あったら彼が自分で作り方を探す必要などあるわけがない。」こうした熟考からは確信あることは何ひとつ出てこなかった。

「学生たちはどうしたか、ですって？　私たちと同じです。最初はみんなこの石鹸で洗うことを嫌がりました。この石鹸が嫌だったのです。臭いがひどかった。シュパンナー教授はこの臭いを消そうとがんばりました。彼は化学工場に精油を送るよう手紙で依頼していました。でも、いつだって普通の石鹸でないことはわかりました。」

「もちろん、家では話していました……。最初など、一人の同僚に見られたほどです——私はこれで洗うなんて、とぞっとして震えたのです。家では母も嫌がりました。でもよく汚れが落ちるので洗濯物に使うようになりました。私も慣れました、だって良い石鹸だったので……」

彼の痩せて青ざめた顔に寛大な笑みが浮かんだ。

「ドイツでは言います、人は無からも何かを作りだせるのだ、と……」

三

午後にはシュパンナーの同僚である、教授で医者の歳をとった二人を尋問に呼んだ。尋問は彼らの仕事場のある病院棟の空っぽのホールで行われた。

二人とも——尋問は一人ずつ行われた——秘密の石鹸工場の置かれた建物の存在を知らなかったと証言した。工場を見たのは今朝が初めてであり、その光景は彼らにおぞましい印象を与えた。

二人とも——尋問は一人ずつ行われた——、せいぜい四十歳といったところのシュパンナーが病理解剖学の権威であることを認めた。彼の道徳的面に関して言うべきことはなかった。知り合ったのは最近のことだし、ほとんど会うこともなかった。彼がナチ党に入っていることだけは知っていた。

私たちから離れてぽつんと置かれた椅子にそれぞれ座り、証言しながら、はっきりとした失意の表情を顔に浮かべていた。二人とも黒いコートを脱がず、膝に置いた手に黒い帽子を握って座っていた。

二人とも分別のある様子で慎重に話した。話しながら二人とも、あらゆることに注意を払っていた。グダンスクは五月のこの時期、いまだにドイツ人だらけだった。通りをドイツ人捕虜の隊列が通り過ぎ、自分たちの女たちから花を贈られた。しかし、町当局はポーランドのものであり、駐屯地にはソ連の軍隊がいた。

学問的側面からシュパンナーを知る者として、彼が死刑囚や捕虜の死体から石鹸を作ることのできる人間だと推測できたか、という問いに対して二人の答えは違っていた。

白髪頭で貴族的な顔つきの、背が高くて細い男は、長いこと考え込んでから答えた。

「ええ、そうした命令を受けたと知っていたならば、そう推測できたでしょう。なんといっても彼が規律に従順な党員だったことは確かなのですから。」

太って鈍重で、赤みがかった肌と垂れた頬をした善良そうなもう一人も、長く考え込んでいた。熟慮の末、あたかも自分の良心に照らしてすべてを考えたかのようにして答えた。

「もちろん、推測できました。つまりそれは、ドイツがそのとき抜き差しならないほどの脂肪の不足に直面していたという理由からです。だから、国の経済状況に対する配慮、国益という考えが彼にそうさせたことはありえます。」

底

「さて、何からお話しましょう。」ちょっとばかり考える。「自分でもわからないわ。」

白髪で、どちらかといえば綺麗なほうで、ふっくらして柔和な女性だ。ひどく疲れている。誰も信じないような体験をかいくぐった。そうでなければ、彼女だってそれが真実だとは信じないだろう。

彼女には好意のほかはどうでもよい。たくさんのことを経験し、二人の子をなくした母でもある。

他人が彼女に親切であればそれでいい。子供が死んだのが確かなのかもわからない。しかしその後の消息は長いことわかっていない。

捕まった息子はまだ戻っていない。戻ってきた人たちは口々に彼を見なかったと言う。そして、娘は……。

とても重い、重い問題ゆえに、灰色をした彼女の穏やかな大きな目を涙が覆う。涙は続けざまに現れたが、頰に流れ出す間もなく消えてゆく。

夫のことも何も知らない。最後にプルシクフ[*1]の収容所で見た人たちがいた。でも、彼はもう歳がいっていた。歳がいっていたとはいえ、彼女より三歳若い。

彼女はまったくの一人ぼっちであり、人は彼女に親切であるべきなのだ。彼女のことを覚えているこの土地の古い世代は、もちろんそうだ。しかし、若い人たちは彼女が自分たちの邪魔にならないように、と考えるばかりだ。

「何からあなたにお話しましょう。」疲れて目を細めながら繰り返す。「ラーヴェンスブリュック[*2]でも、もちろんわたしたちを痛めつけました。いろんな注射をして苛《さいな》み、女たちに実験をして、傷を開いた……。そして、やったのは医者たち、知識人です。でも私たち女はそこに長くはいなかった、ほんの三週間だけです。そこからわたしたちは他の収容所へ、弾薬工場へ連れて行かれました。」

「娘もです。もちろんです。本当に私はどこでも娘と一緒でした。彼らに逮捕された最初の瞬間から一緒でした。帰り道で道に迷ってしまったあの時まで。娘を彼らは引き止めた、ほかにも数人の娘たちを彼らは止めた。十人ほどだったかもしれません……。」

ややや抑えた声で早口に、ささやかな言葉が悲しく容易に無数に撒き散らされる。娘をめぐる回想は多い。いい子で美しくてよく出来た。子供たちに教えていて、対独抵抗組織に入っていた。息子もだ。息子の帰りが遅く、夜間外出禁止時間をしばらく回るようなときは、娘と一緒に心配した。息子が窓ガラスに砂を投げつけると、彼女たちはロープを投げて、門番に見つからないように窓から家に入れた。いつか誰かに見つかるのではないか、暴露されるのではないかという恐怖に怯えていた。

息子も捕まったが、彼女たちと一緒ではなかった。彼は蜂起[*3]の際に捕えられた。家族に書いた最後

＊1　ワルシャワ近郊の町。ワルシャワ蜂起（＊3参照）の際、市民を一時的に収容するナチス・ドイツの通過収容所が作られた。
＊2　ドイツ東部にナチス・ドイツが作った女性用強制収容所。人体実験が行われ、ポーランド人女性が主な実験対象となった。近くに男性用収容所も作られた。
＊3　ワルシャワ蜂起。一九四四年八月一日から十月二日まで、ナチス・ドイツ占領下のワルシャワで起きた対独武装蜂起。市民も多数参加したが、失敗に終わる。

の手紙は一月のものだ。母と妹がもう長いことドイツにいることは知っていた。

「収容所に行き着く前に、私たちは二ヶ月パヴィアク[*1]にいました。あそこで彼らがやっていたこと、人間に行った罪と言ったら！　注射、兵士のために血を抜き取って——そしてすべてをやり尽くしてようやく、絞殺するか射殺に引っ立てたのです。」

多くのことに彼女が触れていないのは明らかだ。

「私たちの台所では男たちが料理をしていて、話してくれたから知っています。彼らはあのどぶねずみのことも話していました……。朝、囚人たち自ら倉庫から死体を運び出すことになっていました。死体は両手両足を縛られ、内臓を食い尽くされていました。幾人かの心臓はまだ動いていました。」

彼女はまた何か考えた。言えない何かについて。心の内に見たもののために、なめらかな額に微かな皺が描かれた。

「彼らは私のことはそんなふうにはやりませんでした。ただ、ひどく殴りました。」なんとか言葉を絞り出した。

そしてまた、抑え気味の早くて慎しい言葉が振り撒かれた。

「凄まじく私を殴ったのです。うちでいかにもダンスのレッスンといったものが行われ、娘がピアノを弾いたあのとき、誰がやってきて何をしたのか話せと言って。ゴム棒で私を殴りました……。顔を手で覆うと、指をその棒で叩きのめしました——ええ、ここです、まだわかりますね。何かするとまだここが痛みます。」

手を見せた。ひどい遣り口でめちゃくちゃにされた、瘤《こぶ》だらけで腫れた短い手だ。

「あまりに痛かったとき、吐き気が襲ったとき、何か言ってしまうのではと本当に恐ろしくなった。でもどうにか腹を決めて、決心して、何も言わなかった。」

安堵の溜息をつき、打ち解けてつけ足した。

「息子と仲間たちは我が家で訓練し、ライフル銃の代わりに棍棒を持ちました。うちの息子が彼らに教えたのです。」

ぶるっと身を震わせた。形をめちゃくちゃにされて腫れたあの両手で両目をぬぐい、こう言った。

「今度はあの弾薬工場にいたときのことをお話しましょう。あそこで私たち女は毎日十二時間、機械のそばで働きました。

＊1　ワルシャワの監獄。ナチス・ドイツ占領時代、政治犯が収容された。

寝場所はラーゲル。[*1] あの新しいラーゲルはブンツィヒとか呼ばれていました。そこから二ヴェルスタ[*2]いくと工場です。夜中三時に私たちは起こされ、明かりがなかったので手探りで寝床を整え、ブラックコーヒーを飲み、急いであのパンを食べました。四時から五時半までは中庭で点呼です。寒くて、雨でも雪でも同じでした。それから三十分で、六時に間に合うように工場まで行きます。昼食は工場で出されました。草か何かのスープですが、うまく説明できません。乾燥させた蕪かそんなものでした。朝夕、ブラックコーヒーとパンを百グラムが一日分です。最初こそパンも百五十グラムでしたが、あとから百グラムになりました——そう、こんな切れっ端です。だから私たちはいつも空腹でした。ひどい飢えでした。

私たちが作っていたのはだいたい大砲用の弾や空中戦用の飛行機の弾でした。いつも煙と熱に巻かれ、きつい仕事でした。割り当てを達成できない女が一人いたら、私たちみんなが殴られました。」「どんなふうに、ですか？　それはですね、ここのラーゲルには一つ一つ隔離された地下牢がありました。とても寒くて、地下室のように少しだけ土の中にあります。誰か寝床をきれいに整えなかったり、コーヒー茶碗を綺麗に洗っていなかったりしたら、でも、水もないし真っ暗だったのですよ——その女は地下牢に行かされました。そうでなければ十二時間、零下の気温や雨のなか、立たされました。女のゲシュタポたちは歩き回り、監視し、私たちが凍えるのを笑っていました。体温を求めて抱き合おうものなら、殴るか地下牢行きの宣告です。ですから、あの寒さのなか互いに離れて立っているしかありませんでした。服は夏物でした。私たちのではありません、違います。私たちのものは彼らが取り上げてしまいました。服は縞模様のよくあるタイプのもので、袖は肘までしかなく、足はむき出しです。背中には斜めに十字架が縫い付けてありました。

この間二度、彼らは私を坊主頭に刈り上げ、その頭で私は零下に出なければなりませんでした。頭に何かを被ってはいけません、被ればすぐに殴られます。木のつっかけ靴を与えられました。両のつま先に、脱げないようにわずかな紙の覆いが張られていました。私たちの足は鉛色がかっていました、ああ神よ、誰かが絵具で塗ったかのように、です。

寒さは耐え難かった。道すがら、そして工場の機械の脇で、より弱いものはみな死んでゆきました。彼らは死体を地下牢に積み重ねました。そして、この同じ地下牢に、本当に些細な違反のために人々を閉じ込めていたのです、食べることも許さず、身を覆うことも許さず、一晩中、裸の地面の上

＊1　第二次世界大戦中のドイツの強制収容所を指すポーランド語の通称。
＊2　一ヴェルスタは約一キロメートル。

にです。ようやく朝になって点呼に呼び戻しました。が、点呼のあとは再び地下牢へ、食べ物なしです。彼女たちに食べ物をやることも禁じられていて、点呼の際も誰もパンを分けないように、一人一人離れて立たされました。女SSたちはこのことにとても神経をとがらしていました……。」

迷い、考え込む。ここでもまた何か言葉にしがたいことがあるのだ。

「それでも何か食べていました。」静かに続けた。「一度、一人が口を動かしたことがありました。そして一人の爪には血がついていました。いいですか、あなた、あそこでの懲罰は凄まじいものでした！ ああ、あそこで彼女たちは夜にあの死体の肉を食べていたのです！」

今度は長いあいだ黙った。何かつけ足したそうに考えをめぐらせた。でもできなかった。身を震わせた。

「SSの女たちは私たちが死ぬことに満足していました。」誘惑に打ち勝ったかのように、前よりしっかりした声で続けた。「点呼の際、立ったまま女たちが死んで、地面にひっくり返っても、SSの女看守たちは信じずに笑って、死んだふりをしているんだろうと蹴飛ばしました。十五分も前に息を引き取っているのに蹴るのです。そばで立っているしかありませんでした、動くことは禁じられ、どんな助けも禁じられていました、どんなこともです。

病気の人にも女看守たちは仮病だと言いました。死体のそばで死ねとばかりに、やはり地下牢に投げ込みました。でも男たちの地下牢はもっとひどくて、完全に地下にありました。そこで酷寒のなか、膝まで水につかって立っていなくてはならなかったのです。」

彼女は身動きせずに座っていた。まだ何か言うことがあるか考え込んでいた。突然、生き生きとした。

「もう一つ、お話ししましょう。きっとあなたのご興味を引きます。いいですか、彼らが私たちをパヴィアクから引っ立てたとき（これはとても興味深そう）――それぞれにパンを一塊くれ、ラーフェンスブリュックまで家畜用車両で行きました。彼らは一両に百人ずつ詰め込み、隣合わせでぎゅうぎゅうに立っていました。

水もなく、脱出の可能性もなく、すべて立ったままでしなくてはならなかった。こうして私たち女は、立ったまま眠りました。窮屈すぎて動くことさえできません。こんなふうに七日間移動しました。

道中、側線で私たちは留め置かれました。汽車は三時間止まった。そんなとき、みんな水を求めて人間とは思えない声で唸り始めました。炎暑のなかを戸口を封印した車両で私たちを運搬していたのです。私たちは汗でぐっしょり濡れ、顔は煤《すす》で真っ黒でした。衣服は悪臭を放ち、足は排泄物まみれです。獣のように唸りました。

そのとき、傷病兵を載せた隣の車両からドイツ人将校が近寄ってきました。彼は車両を開けるように命じました。でも、私たちの見張りについていたのはウクライナ人でした。彼らは言いました、できない、と。この車両には凶悪犯が乗っているのだ、と。するとドイツ人はもう一人の将校を呼びました。何があるのか、面白かったのです。車両の封を解き、そして私たちを目にしました。「ああ、わかりますか！　私たちを見ると、恐怖で彼は目をまんまるにし、両手を広げました。それほど私たちは彼を怯えさせたのです！　彼は猪のように見えました！

少ししてようやく彼は、誰かドイツ語かフランス語が話せるかと尋ねました。話す人はたくさんいました。それで彼は私たちに水をもってくるよう命じ、体を洗えるように私たちを線路に出させました。男性用車両も開けるよう、すぐに命じました。でもそこはもっとひどかった。私たち女はたったの千五百人、そして曰く、男たちは四千人でした。つまり各車両に男たちは三百人、四百人と窒息死するほど詰め込まれていたのです。」

一番興味深いこの話をして、落ち着いた。疲れた声で静かに話を終えた。

「そうして再び私たちを閉じ込め、今度は目的地のラーヴェンスブリュックまで誰も開ける者はいませんでした。窒息死した者はありませんでしたが、何人か発狂しました。あとで治ったかって？　いいえ。治りませんでした。ラーヴェンスブリュック到着早々、初日に射殺されました。

発狂したとき、その人たちは私たちに飛びかかり、噛みつき、引っ張りました。その中の一人、パヴィアクでどんなひどい尋問にあっても一言も洩らさなかった女性が、今度は人の名前を声に出して叫びました。トランクに入れた武器を埋めた場所、森、交差点、村の名前を挙げました。思い出せることすべてを声にしました。皆の命が危ないとなんと心配したことでしょう。でも彼らはもう聞いておらず、一人また一人とただ射殺するだけでした。」

悲しみが襲う。

「女たちの名前を記憶できなかったことが恐ろしいのです。あそこにいたのは価値のある、尊敬すべき女性たちだったのですから。今、彼女たちのことを家族が捜しているかもしれません。ちょうど私が子供たちを探すように。でも私は誰が誰だったか思い出せないのです。

おわかりでしょう！　ドイツ人さえ私たちをみて恐怖に陥ったのです。彼女たちが耐え切れなかったとしてもなんの不思議もありません。」

墓場の女

墓地に通じる道は、町を突っ切ってあの壁沿いに走る。どの窓もバルコニーもいまは無人だ。ちょっと前まで人がいっぱいに閉じ込められ、ぎゅうぎゅう詰めになって、壁の向こうの世界をのぞいていたのに。もうかなり前から、三階のとある窓が開きっぱなしになっているのが通りから見えた。その背後には、黒ずんだカーテンが掛かったままのカーテンレールがぶらさがり、花瓶の一輪の花は枯れ、部屋の壁際に置かれたたんすの小さな扉が開いたままなのが見えた。

数ヶ月が過ぎ、誰もカーテンレールを持ち上げることもなく、たんすの扉を閉じる人もない。墓場に通じる道はゆっくりと、生者の場所から死者の場所に変わっていく。しかし、建物ひとつない空虚な枠に囲まれたこの場所も、まだ生の圏域からは完全に引き離されていない。ここからも聞こえ、見えるからだ。

芽生えたばかりの若々しい緑色をした墓場の木々の上に、煙の渦が立ち昇り、黒い雲となる。時折、風の上をすばやく瞬《またた》く飾り帯のように、細く赤く長い炎が横切った。このすべての上を飛行機の遠いうなりが空を切って進む。

数ヶ月が過ぎ、何も変わらず、続く。

さまざまなところから死亡の知らせが届く。P君は収容所で死に、Kさんは通りで捕まって運ばれ、どこかの小さな鉄道駅で死んだ。人びとはあらゆる方法で死んでいく、ありとあらゆるやり方で、どんなことも口実にして。もう誰も生きていないし、しがみつくもの、守り通すものはないように思えた。死はそれほどまでに遍在していた。墓地の地下礼拝堂には棺が列をなして置かれ、順番に自分の埋葬を待っているかのようだ。個人的な、凡庸な死は集合的な巨大な死を前にして、何か不適切なものに見えた。けれども、はるかに恥ずべきは、生きているということだ。

昔の世界のものは何一つとして本物ではない。何も残らなかった。人びとは耐えうる限界以上の物事を経験させられた。恐怖が人びとの間に立ちはだかり、人びとを分断した。どんな瞬間でも誰かが誰かの死の引き金になる。

現実は耐えうるものだ。なぜなら現実は丸ごと経験させられるのではない。つまり、現実はいちどきに与えられることはない。現実は私たちのところに出来事のかけらとなって届く。切れ切れの報告として、射撃のこだまとして、空を漂う遠くの煙として、あるいはすべてを「灰にする」と――誰もその言葉を理解しないのに――歴史が書き残すような火事として届く。遠いようで、しかしわずかに壁を挟んで起きているこの現実は本物ではない。この現実を考えることで初めて、その現実はかき集められ、確固としたものになり、その現実を理解する試みになる。

再び、墓地の広い道を行こう。今、死者たちの厳かな春の式典が執り行われている。ずっと前に、ありきたりの死によって死んだ者たちの式典だ。

彼らは自分の名前と姓と日付だけを言い、職業と身分をめったに言わない。時折、通り過ぎる際にため息のような小声で神に祈る。多くのことではない。いつもこの同じ場所にいて、いつも同じことを控えめに言い、自分の振る舞いに困惑している。彼らは本当に小さな存在でありたい。何も押しつけず、われわれに何の義務も与えず。かろうじて記憶に残ればよい。ちょっと気に留めてくれるだけで彼らには十分なのだ。

時々、近親者が励ます——こちら側に導くことで勇気づけるかのように。「夫にこの記念碑を捧げる」無名の子連れの妻が、最良の夫だったと石のささやきで伝える。とっくの昔に死んだであろうある娘は、苔むした緑色の文字で、最愛の母と結びついていることを誓う。

この一つの墓には十字架がない。ブロンズの碑の台座に、今日では理解不能となった言葉が刻まれている。

「……発展の高みから
未来という果て無き深淵をのぞく
そこに認めるは
永劫の死という悲しき薄闇ではなく
絶えず強まる永久《とわ》の生の
養いの光」

死者たちの列を通りぬけ、墓の上の花々を手入れしながら女がこちらに近づいてくる。自分の職業の紋章を手にしている。箒《ほうき》とじょうろ。鉄製の井戸のそばにある平たい石にじょうろを置いて水を汲む。

　墓地は塀に近いこのあたりで完全に緑に沈み込み、墓石は濃紺や黄色のパンジーの短い花壇のように並んでいた。すずらんが咲きほこって香る。ライラックもあと少しで花開くだろう。緑の空気のなかをコウライウグイスが鳴いた。子供時代、家のそばで毎年春に鳴いたように。野ねずみはパンジーの間をちょこまか動き、茎につかまり何かを食《は》む。

　墓地の上に大きく広く開けた空の静けさのなかを、十五分ごとに空港の方角からゆっくりとした速度で飛行機がやって来ては、ゆるやかな半円を描いてゲットーの壁の向こうへ去っていく。静寂のなか、落とされた爆弾は見えない。しかし、爆弾が飛んだ痕跡は、長くて細い煙の渦となって長い間《ま》をおいて上がる。さらに間をおいて、炎も見える。

　墓地の女はじょうろを満たし、それを持って花の方へ去る。この女は、ここで時々やって来た人たちと死をめぐって言葉を交わすあの人だ。

　恐怖の時代、人は実家の庭に来るように、静けさと安全の唯一の場所である墓地にやって来る。その時代、それがもっとも確かなアドレスであるかのように。

　彼女は私のこの確信も揺るがした。

「こちらの墓のほうが上等ですよ。」あの時彼女はこういった。「ここの墓のほうがいいんです、だってここは乾いてますから。死体を置いても腐りません。ただ乾いていくだけです。下のあちらは湿っていて、墓地も安いんです。あそこには棺が重ねてもたった二つしか置けません。」

穏やかで感じやすい性質の女だった。そのうえ専門知識があって、いつも助言をくれたし、慰めてもくれた。白い肌の太った女で、あらゆることを理解しながら、過度に反応することはなかった。

「ここは高台なので」彼女は言う。「死んだ女の人を掘り出したときも、何一つ変わっていませんでした。その夫が掘り出すよう命じたのです。若い女で、花嫁衣裳のまま葬られていたの。死体もその衣装も純白のままでした。まるで昨日埋葬したみたいに。」

どうしてそれを掘り出すようその夫が命じたのかはよくわからなかった。彼女はこう説明した。

「訴訟のために掘り出したんですよ。病院の医者たちが彼女をちゃんと見ていなかったと言ってその夫が彼らを訴えたの。彼女は初めての子を産んだあとで、窓から飛び降りて即死でした。ちゃんと面倒を見ていなかったのね。だから彼女を掘り返して、病院へ解剖に運んだの。そしてそのあとまた元通りに運んできて、埋めた。でも、そのときはもう白い花嫁衣裳ではなく、青いのを着ていました。」

葬ったけれども、長くはなかった。三ヶ月もしないうちに、また棺を掘り返した。

「なぜ?」

「この夫が首を吊ったので、彼を埋めなくてはならなくなったから。墓を深くして、レンガをさらに積んだ。今ではここで一緒に眠っています。」

医者たちに対する訴訟がどんなふうに終わったのか、これもはっきりしない。それでも、苦しみからの逃げ道を死に求めたくらいなのだから、若い夫の請求は通らなかったにちがいない。

そのあとで、墓地に砲弾が落ちる時代がやってきた。墓を飾る像や肖像レリーフ《メダリオン》が割れて並木道沿いに落ちている。中身が開いた墓は、割れた棺のなかの死者をさらけ出していた。

しかし、墓場の女はこれに対してでも生まれつきの落ち着きを見せた。「死体にとってはなんでもないことです。」彼女は言った。「だって二度は死なないでしょう。」

しかし今、もう一度水を汲みに戻ってきたとき、彼女がどんなに変わったかがわかった。

「どうなさったのです？　ご病気でも？」

丸くて白かったその顔は赤らみ、やせていた。額には絶えず何か苦労しているかのようなしわが刻まれ、目は熱に浮かされたように光っていた。

「いいえ、そんなことはありません。」陰鬱に答えた。「ただ、人間はどうしたってここで生きるのは無理です。」

その声ですら不明瞭で、震えて小さかった。

「私たちはみんな壁のすぐそばに家があります。私たちにはあちら側で起きていることのすべてが聞こえます。もう、みんな何が起きているか知っています。通りで人を撃っています。人を家にいるまま燃やしています。毎晩毎晩、あの叫びと泣き声。誰も眠れないし、食べれません。誰も耐えられないでしょう。あれを聞くのが気持ちいいものでしょうか？」

がらんとした墓地の墓が話を聞いているかのように、あたりを見回した。

「だってあの人たちだって人間なのです。」説明した。「でも彼らはドイツ人のことより、私たちのことを一層ひどく憎んでいます。」

素朴な私の反論の言葉に気を悪くしたようだ。

「何です、誰が言ったのかって？　誰が言うもありません。私が自分で分かっています。彼らを知っている人ならみんな、同じように言うでしょう。ドイツ人が戦争に負けたって、ユダヤ人が私たちみんなを捕まえて、殺してしまいますよ……。お信じにならない？　ドイツ人たちでさえそう言っています。ラジオだって言っていました……」

何のために彼女にはこの信仰が必要なのか、彼女自身がよく知っていた。

井戸の脇の石にじょうろを置き直し、もう一度水をポンプで汲み上げる。終わると顔をあげたが、まだ渋い顔をしていた。額にしわを寄せ、落ち着かない様子で目をぱちぱちさせた。

「耐えられない、耐えられない」と繰り返した。

簡単に流れ出る涙で濡れた顔を、震える手で拭い始めた。

「最悪なのは、彼らになんの救いもないことです。」誰かが聞いているのをまだ恐れているかのように、小声で言った。「抵抗しようとする人はその場で殺してしまいます。抗おうとしない人たちのことも結局同じように車で死へ運び去ります。だったら彼らに何ができるでしょう？　家にいるまま焼いて、外に出そうとしません。母親たちは子供が痛くないように、手元にあるやわらかいもので子供をくるんで窓から道路に投げるのです！　そのあと自分も飛び降ります……。子供がとても小さいときは、腕に抱いて飛び降りる人もいます。」

近づいてきた。

「私たちのところのある場所から、父親がこんな小さな男の子と飛び降りようとしているのが見えました。坊やをなだめても、その子は怖がっていました。窓に立っていたけれども、父親の前でまだ窓枠をつかんでいました。父親がその子を押したのか、どうしたのかは見えませんでした。でも、二人とも、続いて落ちてゆきました。」

また泣き出して、震える手で顔を拭った。

「それすら見えませんでした。私たちは聞きました。それは何かやわらかいものが固い地面に落ちるような音です。ぴしゃん、ぴしゃん……。相変わらずこうして飛び降りているんです。炎の中で焼き殺されるより、飛び降りるほうがよいのでしょう。」

女は耳を澄ませた。墓地の鳥たちが柔らかく鳴いているなか、人の体が石の上に落ちる遠い音を聞き分けた。じょうろを持ち上げ、それを持って黄色と濃紺のパンジーのほうへ去った。空には飛行場の方角からもう一機飛行機がやってきて、大きな半円を描いてゲットーの壁の向こうに向かった。

現実は耐えることができる。すべてを知らされてはいないからだ。現実は私たちのところに届くとき、出来事のかけら、報告の断片になっている。私たちは抗いもせずに死に向かう人々の静かな行列を知っている。炎の中への飛び降り、深淵への身投げを知っている。しかし、私たちは壁のこちら側にいる。

墓場の女はその同じものを見て、聞いた。だが、彼女にとって、出来事は注釈と混じり合い、その現実を失っていた。

線路脇で

こうした死者たちのなかに、脱走に失敗して鉄道の線路脇にいたあの若い女も含まれている。今となっては彼女の姿は、それを目撃しながら理解できずにいる一人の男の話にしか認めることはできない。今や彼女は、彼の記憶の中だけに生きている。

戸口を封印された何両も連なる長い列車に積み込まれ、絶滅収容所へ移送される人々は、時々途中で脱走した。とはいえ、脱走を試みる人は少なかった。脱走は、希望もなしに、反抗や抵抗もせず、確実にある死に向かって進むよりもずっと大きな勇気を要した。

脱走はたまに成功した。速度を上げる貨物車両はごとごと音を立て、外には中で起きていることが聞こえなかった。

一つの方法は、車両の床板をはがすことだった。汚れて臭う空腹の人々が犇《ひしめ》き合う狭い空間で、それはほとんど不可能に見えた。わずかに動くことすら難しかったのだ。ぎゅうぎゅうに詰まった人間の塊は、引き裂くような汽車のリズムに揺られ、窒息しそうなむっとした空気と暗闇の中をよろけ、ぐらぐらしていた。それでも、弱りすぎたり、臆病すぎたり、逃げることを夢見ることのできない人たちも、他の人の脱走を楽にしなければならないことはわかっていた。自由への道を他の人に開くために、体をずらし、くっつきあい、糞尿で汚れた足を持ち上げた。

板の一方をこじあけることができたら、それはもう希望の始まりだ。力を合わせてその板をはがし取らねばならない。それには何時間もかかった。そして今度は、二枚目、三枚目の板をはがすことになる。

一番近くにいた者たちは狭い開口部に身をかがめて、恐怖で後ずさりをした。代わる代わる両手両足を使って確かめながら、狭い裂け目を通って、鉄の轟《とどろ》きときしみ音を下に聞き、底に吹き付ける強い風のなか、次々と通り過ぎる枕木の上方に這い出し、車軸をとらえ、それにつかまりながら両手を使って、さらにそこで飛び降りたら確実に救われるだろう場所まで這っていく。レールの間へ、もしくは車輪の間を抜けて線路脇に飛び出す――方法はいろいろあった。しばらくして感覚を取り戻し、見えないように盛り土から転がり落ち、未知で魅惑的な森の暗闇に逃げ込む。

しばしば車輪の下に落ちて命を落とす人たちもいた。突き出た梁《はり》やバルブの角にぶつかり、信号の柱や線路脇の石に勢いつけて投げ出されて死ぬ人もいた。手や足を折ってしまい、その状態のまま、敵のあらゆる残虐性に委ねられる者もあった。

スピードを上げ、唸り轟く深淵に飛び降りた人びとは、自分たちが何に向かっているかわかっていた。残った人にも、わかっていた――閉ざされた扉からも、高いところにある窓からも身を乗り出してのぞくことなどできなかったけれど。

線路脇に横たわる女は勇者たちに属していた。床の穴から脱出した三人目が彼女だった。そのあとに、さらに数人が転がり下りた。旅行者たちの頭上で射撃音が連続して響いたのはこの時だった――まるで車両の屋根の上で何かが爆発したようだった。そしてすぐに射撃音は静まった。列車で運ばれる者たちは、今度ははがされた板のところに、墓の穴のように暗い穴を見ることになった。こうして彼らは、道の終わりで待ちうける自分の死に向かって静かに進んだ。

汽車が煙とごとごという音とともに暗闇に沈んでからだいぶ経ち、周囲は夜が明けてきた。

あれを理解できず、忘れることもできない男がもう一度それについて物語る。

夜が明けたとき、膝を撃たれた女が、線路の盛り土の斜面に生えた濡れた草の上に座っていた。うまく逃げた人もいれば、線路から遠く離れた森の近くで動きもせずに横たわっている人もいた。数人が逃げ、二人が死んだ。彼女だけがこうして残った。生きもせず、死にもせずに。

男が見つけたとき女は一人だった。しかし、徐々にこの無人の場所に人が集まってきた。レンガ工場と村からやってきた。労働者たち、女たち、一人の少年がおずおずと立って、遠くから見ていた。立ったまま落ち着かずに、眺めてはすぐに立ち去る人の小さな輪が作られては消えた。新しく人がやってきても、彼らも長くはいなかった。小声で話し合い、ため息をつき、立ち去りながら何事か協議していた。

状況に疑問の余地はなかった。女の真っ黒な巻き毛は明瞭過ぎるほどに乱れていた。伏せたまぶたの下で、その目はあまりに黒々として、放心したようだった。彼女に話しかける者はなかった。森の近くに横たわっている人たちは生きていないのか、と尋ねたのは彼女だった。生きていないと知った。

真っ昼間で開けた場所で、遠くからでもどこからでも丸見えだった。人々はもう事故のことを知っていた。暴力的な手段が横行していた時期である。助けたり、匿《かくま》ったりすると、確実に死の危険が迫った。

長いこと立っていた若い男が数歩離れてまた戻り、女は彼に薬局でヴェロナールを買ってきてくれないかと頼んだ。お金を渡した。男は断った。

女は目を閉じたまま、一瞬、横になった。再び身を起こし、片足を動かしてそれを両手で抱えた。膝からスカートがずり落ちた。両手には血がついていた。死の宣告は彼女の膝に撃ち込まれ、地面に彼女を打ちつける釘のようにしてそこに刺さっていた。彼女は長いこと静かに横たわり、黒すぎるその両目をきつくまぶたの下に閉ざしていた。

ついにまぶたを持ち上げ、自分の周囲に新しい顔を認めた。それでも、あの若い男はまだ立っていた。彼女は今度は、ウォッカとタバコを買ってきてほしいと頼んだ。男はこの望みは叶えてあげた。

土手の脇の人だかりは人目を引いた。ひっきりなしに新しい人がやって来ては加わった。女は人びとの真ん中に横たわっていたが、助けは期待していなかった。狩りで傷を負い、とどめを刺されず放置された動物のように横たわっていた。酔っ払ってまどろんでいた。彼らすべてから彼女を切り離した恐怖という輪のあの力は抗しがたいものだった。

時が過ぎた。年寄りの村女が一度立ち去り、戻ってくることができた。息を切らしていた。近寄って、ショールの下に隠していた牛乳の入ったブリキのカップとパンを出した。身をかがめ、急いでそれらを傷を負った女の手に乗せ、すぐに立ち去り、遠くから飲むかどうか見ていた。町からやって来た二人の警官の姿を見るや、顔をショールで隠して消えた。

他の人たちも方々に散った。ウォッカとタバコを持ってきた、あの田舎町の道化師だけが彼女に依然として付き添った。しかし女はもう望むものは何もなかった。

何が起きているのか確かめようと、警官たちが威厳を持って近づいてきた。状況を理解し、どうすべきか相談していた。女は撃ち殺すよう要求した。女は彼らと小声でこのことを話し合い、どこにも知らせないようにとだけ頼んだ。警官たちは決めかねていた。

彼らも立ち去った。話し合い、足を止めて、そしてまた先へ行った。どう決断したのかはわからなかった。だが、最終的に彼らは彼女の願いを叶えようとはしなかった。彼らと一緒にあの物腰丁寧な若者も歩いてついていったのに女は気づいた。彼はなかなか火のつかないマッチで彼女にタバコの火をつけてもくれた。そして、彼女はこの男に、森の近くで命を落とした二人のうちの一人が夫なのだと教えた。この知らせは彼にとって気持ちのいいものではなかったようだ。

女は牛乳を飲もうとしたが、一瞬考えて、カップを草の上に遠のけた。風のある早春の辛い一日が過ぎていった。寒かった。何もない平原の向こうに小さな家々がいくつか立ち並び、反対側には小さく痩せた松の木が数本、枝で空を撫でていた。逃げ込むはずだった森は線路から遠く、彼女の頭の向こうに始まっていた。この荒涼とした場所が彼女の見ていた全世界だった。

若い男が戻った。彼女はまた瓶からウォッカを飲み、男はそのタバコに火をつけてやった。軽くて動的な黄昏が東の方から空を覆った。西の方では雲の渦と筋がすばやく立ちのぼった。

仕事帰りの新しい面々が足を止めた。前からいる人が新しく来た人たちに何があったか説明した。彼らの話が女にはまったく聞こえていないかのように、そこに女がいないかのように話した。

「あそこで死んでいるのがこの人の夫だ。」女の声が言った。

「汽車からこの森に逃げたんだけれど、やつらが銃で撃ったんだ。夫は殺され、彼女はここに一人残った。膝に弾が当たって、これ以上逃げられなかった……。」

「これが森だったらどこにでも楽に運べたのに。でもこんなに人目のあるところじゃあ——どうもできないわ。」

こう言ったのはあの老女だった。自分のブリキの容器を取りに来たのだ。草の上に撒かれた牛乳を何も言わずに眺めた。

つまりこんな具合にして、誰も夜が来る前に彼女を運び出そうともせず、医者を呼ぼうとも、病院に行けるように駅に連れて行こうともしなかった。こうしたことは何一つ想定されていなかった。いずれ彼女が死ぬということ以外になかった。

黄昏のなか、彼女が目を開いたとき、戻ってきた二人の警官とあの男のほかはそばに誰もいなかった。男はもうどこにも行こうとしなかった。もう一度、彼女は撃ってくれと言ったが、そうするとは信じていなかった。もう何も見えないように、両手で目を覆った。

警官たちはどうするべきかまだ迷っていた。一人がもう一人に促した。言われたほうは言った。

「だったらお前が自分でやれよ。」

だが、女はあの若い男の声を聞いた。

「なら、僕によこしなさいよ……」

警官二人はまだ渋って言い争った。女は薄目を開いて、警官の一人が拳銃をケースから抜き出し、この見知らぬ男に渡すのを見た。

遠くで小さな集団を作っていた人々は、男が女の上に身をかがめるのを見た。射撃音を聞き、憤怒のあまり背を向けた。

「これなら誰か呼んだほうがよかったじゃないか、これはない。犬みたいに。」

暗くなると、森から二人の男が出てきて彼女を連れて行こうとした。苦労しながらその場所を見つけた。寝ていると思った。しかし、一人が彼女を肩に担ごうとして、すぐに死体を相手にしていることに気づいた。

女はそこにさらに丸一晩と朝が過ぎるまで、横たわっていた。お昼前になってようやく、村長が人を連れてやって来て、女を運び、線路のそばで死んだ二人と一緒に埋葬するよう命じた。

「でもなぜ彼が女を撃ったのか、よくわからないのです。」語り手は言った。「これが理解できないのです。彼ときたら、まったく彼女が可哀想でならないという風にも見えたのですから。」

ドゥヴォイラ・ジェロナ

片目に黒い眼帯をした小柄な女性がカウンターに立っていた。女性と同じように小柄で、黒い口髭を生やしどこか奇妙な感じの連れが、彼女のために眼鏡を頼んだ。

「数年間、このひとは眼鏡を掛けていなかったのさ。」意味ありげに、親切そうに話した。

「どうしてでしょう。」

「収容所にいたからだよ。」

義眼の方は合わなかった。大きすぎて入らない。眼鏡はと言えば、明日また取りに来なくてはならない。

「私とお話なさいませんか？　この隣のお菓子屋に寄っていきません？」

驚いたようだ。お菓子屋には行けない。忙しかったのだ。家に戻らなくてはならなかった。家は閉まっていて、鍵は彼女が持っていた。二日前、彼女が仕事を見つけた家だ。

そこで私たちは、プラガ地区[*1]の大きな道路を一緒に歩き、暗い門を通って、崩れかけの大きな建物の中庭に吸い込まれる。壁は漆喰があちこち剝げ落ち、汚れて黒ずんでいる。ずっと角の方へ進むと、汚いペンキが剝がれた扉の後ろに陰気な玄関の間が始まる。

「ここの四階です。」

暗闇の中、木の階段が途切れることなく連続して上に伸びている。手すりにつかまり、床板の割れ目を靴底で用心深くさぐって、落ちないよう気をつけなければならない。二階まで来てようやく、階段の連続が途切れる。平らな床板の踊り場が、くるりと新しく階段が始まるところまで続き、そこから再び一気に三階に伸びる。

四階に続く階段を前に、束の間私たちは窓際で足を止める。大きくて暗くて薄汚れた中庭を眺める。

「お仕事はどんなものですか？」

「掃除をして番をするのです。この住まいにユダヤ人診療所ができるもので。」

「ではあなたは仲間を見つけたのですね？　世話をしてくれる人や親友がいるのですね？」

「私はひとりです。」急いで言った。「私はひとりです。」また繰り返す。

「でも、さっきいた方はあなたに眼鏡を買われましたよね。そして義眼も。」

辛うじてそれを認めた。

「確かに彼らは義眼を買います。私に入れ歯だって入れようとします。」ためらい、苦しそうに告白した。「でも家族じゃありません。」

これで最後となる階段を上り、手すりでぐるり縁どられた平らな踊り場でまたもや方向転換する。四階では、低層階では窓があった場所に、色褪せてぐらぐら揺れる、ガラスを嵌め込んだ扉があった。扉の先には手すり付きの木製のベランダが、壁にくっつけられて宙に浮き、空中でぎしぎし鳴っている。

＊1　ワルシャワのヴィスワ川東岸の地区。

　三つ目の扉で立ち止まる。鎧戸のように閉ざされている。

「ここです。」彼女は言った。

　鍵を取り出し、閂《かんぬき》に差し込まれた巨大な南京錠を開ける。扉が開くと空っぽの住居だった。一つは床の磨かれた暗い部屋で、もう一つもきれいに掃除され、壁際に低い寝床がある。三番目の部屋には壁につけてテーブルがあり、一つ、二つ椅子がある。

「ああ、ここでお話しましょう。どうぞお座りください。」

　このテーブルの角に向かい合って座る。

「彼らはいい人です。でも家族ではないの。」繰り返す。「私には誰もいません。夫は一九四三年、マヴァシェヴィチェの停車場で殺されました。ブレスト[*1]から八キロのところです。ラーゲルで。あそこでは千人も殺されました、だって、十人に一人を殺していたのです。数日ごとに殺していました。いいえ、私が見たのではありません、聞いたのです。あそこにはいませんでしたから、私はミエンジジェツ[*2]にいました。私が一つ知っていることは、四二年には夫がまだ生きていたということです。だって、そのときドイツ人飛行士が夫宛ての手紙を引き受けてくれて、夫がよろしく言っているという返事がありました。でもそのあと、彼は殺されたと知りました。」

　立ち上がり、台所の水道修理に来た人たちを入れた。

「私は三十五歳です。ただ、こんなふうに見えるだけです。歯もなければ片目もない……。」

二十三歳のときに結婚した。夫とワルシャワのスタフキ通りに暮らしていた。彼女は工場で働き、機械で毛糸の手袋を作り、夫は靴屋だった。夫はその前に工場でも働いていて、のちに家で靴を作るようになった。もちろんかなり大変だった。子供はなかった。

「夫の姓はライシェル、でも私の姓はジェロナでした。[*3]私は身分証がなかったので、彼らは父の姓で登録したのです。」

心を決めて言葉を継いだ。

「でも名前はドゥヴォイラです。」

三九年、スタフキ通りの家を爆弾が襲った。彼らはすべてを失った——物も衣服も。だからヤヌフ・ポドラスキ[*4]に移った。

＊1　現ベラルーシ。ポーランドとの国境にある。戦前はポーランド領で、ポーランド名ブジェシチ。
＊2　ミエンジジェツ・ポドラスキ。ブレストにも近いポーランド東部の町。
＊3　ライシェルはユダヤ的響きの姓、ジェロナはポーランド的姓。後出のドゥヴォイラはイディッシュ語の女性の名前で「デボラ」に相当する。
＊4　ポーランド東部の村。

ため息をついた。

「そこではもう私たちは黄色い星をつけて歩きました、六角のパレスチナの印です。腕章をしたのはあとになってからです。二人ともです。」

四二年の十月に夫はもういなかった。マワシェヴィチェのラーゲルで労働に就いた。そのときヤヌフ・ポドラスキの町全体がミェンジジェツに立ち退かされた。そこはいわゆるユーデンシュタット、ユダヤ人の町のようで、ルベルスキ県の全ユダヤ人がいた。二週間ごとに人々を汽車でトレブリンカ*1に移送していた。残った者はゲットーに閉じ込められた。他の人たちは死に、彼女は死ななかった。

「掃討作戦があると、私はいつも隠れていました。屋根裏に座っていたのです。」

両手のひらを開いて顔を覆った。そして一瞬、片目で指の隙間から見た。

「手で顔を覆い隠したということですか?」

微笑んだ。「違いますよ。いつもどんなふうに隠れていたかを見せているだけです。」

天井裏に座って彼女は考えていた。「今は生きていても、一時間後はわからない。」でも、他の人たちは死んで、彼女は死ななかった。

「掃討作戦があったとき、一度こんなふうに丸四週間隠れていました。食べ物もなしに。」

顔の上に広げた指のように、これもある種のメタファーとして理解する必要があった。

「ええ、玉ねぎは数個持っていきました。ヒキワリもちょっとあったので食べました。いいえ、生でです。火を通すなんて！　水もなかったのですよ。代用コーヒーもちょっとあったので、そのコーヒーをそのまま食べました。どこも痛くなったりしませんでした。死ぬんだ、と思っていました。弱っていたのです。世界で一人ぼっちでした。

一度、通りで動きがあるのが聞こえました。四二年の十二月でした。動きがあるのを聞いたので、もう施設は監視していないとわかりました。だから外に出ました。作戦のあとは鉄条網に囲まれた真ん中をまたもや歩きまわることができました。もちろん、まだユダヤ人評議会はありました。彼らがわずかなパンをくれました。

でも、私たちの生活はなんの意味もありませんでした……。

数枚のシャツを持っていたのでそれを売り、次の日、その次の日のパンを買いました。

目を失ったのは四三年の一月一日です。こんな遊びがドイツ人の間にありました。彼らは大みそかに遊んでいました。六十五人の人間を撃ち殺した。私の家から生き残ったのは私だけです。朝六時、

＊1　ポーランド中東部の村。ワルシャワから北東に九十キロ弱。ナチス・ドイツの強制・絶滅収容所があった。

彼らは通りで雪の上で撃ちました。家々に上がり込みました。私は逃げたかったのです、窓から飛び降りました。死んだと思いました。そして、目に弾を受けました。

彼らが私に発砲してきたとき、こう感じました。「でもまだ生きているかも……」と。」

声を低くして秘密を打ち明けるように言った。

「あなたにはお話しします。私は生きたかったのです。どうしてかわかりません、だって夫もなければ家族もなく、誰もいなかったのに、生きたかった。片目がなく、飢えて凍えていて――そして、生きたかった。なぜかって？ お話しましょう。あなたに今話しているように、すべてを話すためです。彼らが何をしたのか世界に伝わりますよう！

私一人だけが生き残るのだと思いました。世界にはほかに一人のユダヤ人もいなくなるのだと思いました。

彼らは私を病院に連れて行きました。目には何も感じませんでした。ただもっとここ、腰と足が痛みました。捻挫です。私は言いました。ナイフをちょうだい、と。自分で決着をつけたかったのです。もう生きられませんでした。片目を失い、何もかも失った。目は丸ごと出てきました。片方の耳にも怪我をしていました。彼らはレントゲン写真を撮らなければならなかった。でも耳は自然に治りました。

残った私たちを次に集めたときはもう隠れませんでした。そして自分からマイダネク[*1]まで同胞のあとについていったのです。

一グロシもなく、食べ物もなく、片目もありません。ユダヤ人もいない――ならば一人でこの屋根裏で何ができたでしょう。一かけらのパンすら持っていませんでした。死ぬなら一人よりみんなと死にたかったのです。

それでマイダネクに行きました。あそこではほんのわずかのパンしかくれませんでした。それに十二時にわずかのスープ。

お互いに助けたか、ですか？　私にわかるでしょうか。少しは助け合ったでしょう。でもたいしたものではありません。だっておわかりでしょう、あなた、人それぞれに問題ごとがあるのです。何ができましょう？　二週間ごとにあの選別がありました。何ができたでしょう？

私を殴ったか？　もちろんです。マイダネクでは女SSのブリギッダ――彼女が私を殴りました。何で？　棍棒を持っていました。彼女から頭にくらいました。なぜって？」

＊1　ポーランド東部の町ルブリン近郊に作られたナチス・ドイツの強制・絶滅収容所。

彼女は憐憫から笑う。

「彼女がそうしたかったから、それ以上のことはありません。」

「そのときは全員が殴られました。一人の女カポ[*1]が、私たちの一人が商売《ゲシェフト》をしている、と言ったからです。何か買っている、と。その一人のために全員がくらったのです。でもその女が商売をしていたのか、って？　知りません。

逃走は不可能でした。若い娘が一人逃げました。彼らは捕まえて首吊りにしました。あそこにはそれ用の柱と掛け金がありました……。広場に私たち一万人がいて、そのすべてを目撃させられました。

彼女は落ち着いていました、とても落ち着いていました。SSは死ぬ前に何がしたいか尋ねました。彼女は言いました。「何も、何もない、早くやりたいことをやりなさい。」二十歳でとても繊細でした。

彼女には兄弟が二人いました。彼らはのちに自分で首を吊りました。」

仕事を終えた職人を外に出すために彼女は立った。間もなく戻って自分の場所に腰を下ろした。

「ある時スカルジスコ・カミェンナ[*2]から、SS将校のイムフリンク長官がやって来ました。彼は言いました。「働きたいものは仕事へ行く。」働けたので、行きました。行った先は弾薬工場でした。

そこでは一度も殴られませんでした。でもあそこでもしょっちゅう選別がありました。一度でも病院に行ったら、殺したのです。誰か就労免除の証明があっても、ほんの数日仕事をしなかっただけで殺されました。

私には片目しかなく、その目が潰瘍のような炎症を起こしました。だから目が見えませんでした。でも働きました。一日たりとも職場を離れず、十二時間働きました。どうでしょう、あなた、クビにもならず、医者にもかかりませんでした。恐ろしかったのです。それは死ぬことだったのですから。もしかしたら生き延びる、そしてもしかしたら……と考えたのです。」

おずおずと、恥ずかしそうに笑みを浮かべた。

「またもや、私は生きたかったようですね。」

まだ何か思い出した。

＊1　囚人の長。
＊2　ポーランド南部の町。労働用ユダヤ人の強制収容所があった。

「今度は歯のことをお話しましょう。スカルジスコ・カミェンナにいた頃、そこではわずかな量のスープしかくれませんでした。だから私はものすごく飢えていました。

町から労働にやってくる人から食べ物が買えました。時々は彼らの方から進んでくれましたが、買わねばならないことがほとんどでした。でも私はお金をもっていませんでした。だから自分で金歯を抜いたのです。

紐で抜いたかって？　いいえ。ただ数日の間動かし続けました。うまく動いたら抜くのは簡単でした。勝手に抜けてきました。一本の歯で八十か八十五ズロチもらいました。そしてかなりの量のパンを買いました。

十三ヶ月、こうしていました。スカルジスコで、です。ロシア人がスカルジスコに接近すると、ドイツ人は私たちもひっくるめて工場をチェンストホヴァ[*1]に移しました。そこでまた同じ仕事です。

一月十七日にソヴィエトがやって来ました。ＳＳたちは十六日に逃げました。チェンストホヴァには一万五千人のユダヤ人がいました。残ったのは五千人、残りはドイツへ鉄道で運ばれました。それをどうすることもできなかった。そんな規則だったのです。職工長が記録し、その記録どおりに人々を連れてゆきました。

職工長たちが私たちを監視していました。あと数時間ソヴィエトが来るのが遅れたら、私たちの番だったでしょう。

私たちは通りに並ばされていました。でもソ連軍がやって来て、職工長たちは逃げました。

ソヴィエトが来て喜んだかって？　ええ、とても喜びました。もう私たちは鉄条網の向こうではなく、自由だったのですから。彼らを迎えましたが、叫んだりはせず、何もしませんでした。」

息を継いだ。

「その力もなかったのです。」

＊1　ポーランド南部の町。ヤスナ・グラ修道院の聖母像「黒いマドンナ」で有名な巡礼地。

草地《ヴィザ》

「ユダヤ人に憎しみなどありません。蟻やネズミに憎しみなどないのと同じです。」

これに私が何と言うのか待っている。

陰鬱に座っている。大柄でかなり肉付きがいい。収容所で着ていた灰色と濃紺の縞の衣服をこれまで離したことがない。髪もいまだに男のように短く、頭皮近くまで刈り上げている。その頭に、同じように灰色と濃紺の縞模様をした帽子。

訪ねてきた。ホテルの部屋の柔らかい椅子に腰かけている。何も頼まず、何も必要としない。とりわけお金は必要ではない。後見人のところに入ったものはできるだけ速やかに、誰かもっと必要な人にあげてしまいたい。ただしまっておくことになるとしても、それでも遠くにやってしまいたい。それほど嫌気を催させるのだ。

椅子の肘掛けにもたせかけた大きな一対の松葉杖を手でおさえている。

「なぜあのネズミのことを話すかと言うと」彼女は言う。でも私はそれについて尋ねはしなかった。そして彼女は微笑む。

美しく微笑む。そのとき若々しい白い歯が幾本も見える。彼女の褐色の両目は強く輝き、頬は暗く赤みがさしている。

彼女は若いが、ブラシのように逆立った短すぎる髪と、料理見習い少年のかぶる帽子、鼻の上の大きな眼鏡で台無しだ。

「収容所の台所で、ある時、マリア会の女性とジャガイモの皮を剝いていました。このジャガイモの中にネズミの巣を見つけたのです。巣は一つのイモの中にありました。中身はすっかり食い尽くされ、ネズミたちはその皮の上に座っていました。三匹の子ネズミで毛はまったくといっていいほどありませんでした。赤っぽい鈍色《にびいろ》をして。マリア会の女性はネズミを猫にあげようとしました。でも私はそうさせませんでした……。」

ほんの一瞬ためらう。

「なぜって、こんな考えが浮かんだのです。この猫はどんなふうにこのネズミたちを食べるんだろう、と。」

そして仕方なくつけ足す。

「まるでゲシュタポのように、私のなかにこんな好奇心が芽生えたのです。どんなふうになるのだろう、と。」

この特殊な状況に長いこと思いをめぐらしていた。自分の内面を見るかのようにして、ため息をついた。

「それで再びネズミをこの皮に戻し、わらのなか深くに押し込みました。母ネズミが見つけて、どうにか助かるかもしれないし。」

つまり、彼女はカトリック教徒であるが、ユダヤ人に対する憎しみは本当に持っていない。多くの不正と残虐行為をみることに苦しみ、戦争初期にカトリックに改宗した。キリストの苦しみに想いを馳せると、耐え忍ぶ助けになった。

ポーランド姓を持ち身分証もポーランドのものだったので、収容所ではポーランド人であり、ユダヤ人ではなかった。誰が両親を殺したのかはよく知らないし、そもそも両親を一度も見たことがなかった。覚えているのは育ててくれた祖母だけだ。でもそれは重要ではない。祖母も、もう生きていないのだ。

この状況も少しの間考え込ませる。

「誰のことも特に軽蔑していません。でもこれは重要ではありません。」

重要なのは次のようなこと。

「あなたはご存知ですか、ヴィザに行く、という意味が？」

「わかりません。」

「収容所では朝から女親衛隊員がどなるのです。「ヴィザへ行け！　ヴィザへ行け！……」ユーゴスラヴィアの女たちは言いました「草地に行け（*Iti na luku*）」と。

それは十月でした。とても寒く、暗い日々。一つの収容棟《ブロック》の全女性がヴィザに行きました。そしてそこに夕方までいました。ブロックは清潔でなければならなかったからです。

ヴィザは森のほとり、木々のそばの草地です。女たちは寒さのなか、丸一日食べ物もなく、仕事もなしに立っていた。ブロックは清潔であるべきで、片付けと掃除は数日かかりました。それで女たちはそこに立っていました。何人いたのかはわかりません。大きな群れ。ドイツ人はだから憎んだのです、あまりに彼らが多かったから……。フランスの女たち、オランダの女たち、ベルギーの女たち、たくさんのギリシャ女たち。このギリシャの女たちが一番ひどい状態でした。ポーランドとロシアの女たちはもっと強かった。

場所は十分あったのに、みんな隣同士くっついて立っていました。汚れ、腫れ物やかさぶただらけ。なかには病人も、死にかけの人もいました。こうした人を彼らはもう治療しませんでした……。」

ひたすら彼女は彼女たちについて話し、自分のことは言わない。だから彼女もそこに女たちと一緒にいたのか、それとも外から見ていたのか、はっきりしない。

「彼女たちは収容所にもう七ヶ月もいたからです。私たちは新しい移送でやって来たばかりでした。でも二日目にはもう私たちも草地《ヴィザ》にいました。彼女たちはひどい状態で、さらに悪いことに、あんなにたくさんいました。私たちも同じことになるとわかっていました。」

彼女は自身が潜り抜けたことについて言わない。依然としてほかの人のことだけを話す。

自分のことについて言うとすれば、彼らが殴打している間は彼女はいつも祈っていたということ。

「私は怖がりませんでした。死ぬことがわかっていたので、怖くありませんでした。」

憎しみを感じないよう祈っていた。それだけだ。

自分の障害についても多くは語らない。足の癒合の具合がよくないのでもう一度手術しなくてはいけない。骨が折れているのでもう一度くっつけなくてはならない。もちろん、そう、病院には行くけれども今すぐではない。その前にいくつか用事を片付けなくてはならない。たとえば一度グダンスクに行って海を見たい。それから、いまはポズナニ[*1]に住んでいる収容所の女友達を訪ねてみたい。ちょうど手紙が届いて、何かしら彼女の役に立てるだろうことがわかっている。

どんな状況で足を折ったのか、そのときも憎しみを感じなかったのか、わからない。いずれにしても病院にはあとになってから行く。

「彼らは草地《ヴィザ》に丸一週間、毎日追い立てました。女たちは暖を取ろうとぎゅっとくっつきあって立っていました。みんな暖かさを求めて真ん中に立とうとして、誰もへりにはいたがらなかった。頭を下げ、ほかの人の間にできるだけ身を押し込みました。すべてが一緒になって動いていました。」

幾人かは全身傷だらけだった。隣同士で押し合っていたのだから。そしてどんどん死んでいった。

丸一週間、こんなふうに追い立てた。選別の時まで。

「あの日はとても寒かったけれども、午後に太陽が顔をのぞかせました。そのとき全員、木が太陽を遮らない方向に動きました。その動くさまは人間ではなく、ただ何か動物のようでした。それか塊のようでした……」

この日、ギリシャの女たちが民族の賛歌を歌った。ギリシャ語ではない。彼女たちはヘブライ語でユダヤの賛歌を歌った……。この太陽のもと、とても美しく、大きな声で力強く、まったく健康であるかのようにして歌った。

「それは身体的な力ではなかったのです、あなた、だって彼女たちこそもっとも弱っていたのですから。それは憧れと切望の力でした。

次の日が選別でした。私が草地《ヴィザ》に行くと、草地《ヴィザ》は空っぽでした。」

＊1　ポーランド西部の町。
草地《ヴィザ》

人間は強い

今はもうないあの屋敷は、丘のはじっこに、緑の畑に均《ひと》しく分割され、地平線に沿ってなだらかに伸びる広々とした一帯の春の風景を見下ろして建っていた。

屋敷は飛び散ったとミハウ・Pは言う。近くの有名な森、ジュホフスキの森で四つの焼却炉が燃やされたちょうどそのとき、爆破され、宙に散った。

屋敷は飾りとして使われた。生から死に導く、建築学的にもよくできた門として使われた。ここで長い間、毎日変わらぬ手続きで執り行われた儀式のなかで、屋敷は比喩の役割を果たした。旅に疲れ、それでもまだ生きて正気で、旅行用の然るべき服装をした人びとが次々と門をくぐっては屋敷の中庭に入った。トラックの後ろ扉がはずされる。旅行者たちは互いに助け合いながら、ぎゅうぎゅう犇《ひしめ》き合って一段一段、階段を上る。入浴施設に入っていくのだと――入り口の文字をみて――まだ思うことができた。一定の時間が経過し、建物群の内部を横切るように通過した彼らは、今度は建物の反対側の玄関口に下着だけの姿で現れた――幾人かはまだ石鹸のかけらとタオルを手にしている。急《せ》かされ、銃身で殴られるのを身をかがめてよけながら、彼らは間に合わせの丸太の上を騒然として駆け上がる。屋敷に後ろづけにされた、家具運搬トラックのように巨大なガストラックの大きく開いた穴に駆け上がる。

密閉扉が鈍い音を立てて閉まった。屋敷の地下室に座っている別の運命の人間たちが、恐怖からくるとてつもない叫びを聞くのはこのときであった。罠にかかって閉ざされた人々は助けを求め、トラックの壁を拳で叩いた。数分後、叫び声はやみ、機械は出立した。然るべき時間に、その場所に新しいトラックがやって来た。

屋敷はもうない。そしてあの人びともいない。丘のはじっこには、地上に残った壁の残骸に囲まれて、細かい破片の間から這い出たさまざまな植物の茎や葉の平らな矩形が残った。そして崖の下には見たことのある世界の広大な領域が残った――はるかな緑の畑、草地に覆いかぶさるような五月の木々、地平線に消えていく青い森の列。

太陽の下、かつて庭があった場所に幾人かのグループが集まる。それぞれ、ここで何が起きたかを話せる。屋敷の周りに木の柵を張り巡らせた。三メートルの高さだ。ほとんど何も見えなかった。でも聞こえた。何かを引っ張りだす音、鎖のがちゃがちゃいう音。ひどい寒さの中へ、彼らは下着姿のユダヤ人を追い立てた。屋敷の前にはいつも巨大な機械がうなり、ジュホフスキの森に曲がっていった。人の叫びも聞こえた。

「私はブガイ*1に住んでいて、ドイツ人たちの下で働いていました。」ミハウ・Pはこう言った。若くて大きなユダヤ人男性。アスリート体型で頭が小さい。小さな声で静かに話し、聖典を読み上げるように厳かだ。

「私は自分の父と母を車に乗せました。あとには自分の姉とその五人の子供、弟と妻、その三人の子供。私は両親と行きたいと申し出ましたが、ドイツ人たちは許可しませんでした。」

＊1　コウォ（次頁＊1参照）近くの村。

彼らには理由があった。

「そのころ私はブガイのユダヤ人評議会の指令を受けて、古い穀物倉庫の解体をしていました。だからドイツ人がコウォ[*1]からユダヤ人を輸送したとき、私はリストになかったのです。

怖がった人たちはいました。そのときシュダというポーランドのフォルクス・ドイチェ[*2]の憲兵が彼らに言いました。「怖がるな、お前たちはバルウォギ駅に運ばれ、そこからもっと先に働きに行くんだ。」それでもう怖がりませんでした。自分から行きたがったのがいたくらいです。

彼らはコウォのユダヤ人を五日間で運び出した。最後に病気のユダヤ人を運びましたが、運転手にはゆっくり気をつけて行くよう命じていました。

一九四二年一月の初め、ウガイで私は四十人のほかのユダヤ人と一緒に憲兵詰め所に連れて行かれました。次の日、イズビツァ[*3]から一台のトラックがやってきた。イズビツァのユダヤ人が十五人乗っていました。そこに私たちを詰め込み、ヘウムノ[*4]に運びました。トラックに乗っている人たちはみな頑丈で、どんな重労働もできる人たちでした。」

葉っぱの隙間から廃墟がのぞく場所を見事な手振りで示した。

「あそこに屋敷はまだ建っていました。どんなものか私は興味がありました。でも私たちは見ることを許されません。トラックが次の一角に入ったとき、覆いを持ち上げて、地面に人間の着古した服があるのを見ました。それでもう、何が起きているのかはわかりました。

彼らはトラックから地下室に私たちを追いやりました。床尾を使って追い立てました。壁にはイディッシュ語でこう書かれていた。「ここにやってきた者に死あり。」

翌日、上で私を呼ぶ声がありました。他の人たちと一緒に服を運べというのです。大きな部屋には男性、女性のいろいろなぼろ服、外套や靴が床に散乱していました。それを別の部屋に運ぶのです。そこにはすでにそうしたものがありました……。私たちは靴を一つの山に積んでいきました。ユダヤ人が衣服を脱ぐ最初の部屋にはよく燃えている暖炉が二つありました。ユダヤ人たちがたやすく服を脱げるように暖かくしてありました。

地下室の窓は板で打ち付けられていました。でも一人の上に誰かが乗ると、隙間から何か見えました。

＊1　ポーランド西部の町。ユダヤ人ゲットーからヘウムノ絶滅収容所への移送が行われた。
＊2　ドイツ国籍を持たない在外ドイツ系民族を指すナチスの用語。
＊3　イズビツァ・クヤフスカ。コウォ近くの町。ユダヤ人が多かった。
＊4　ナチス・ドイツの絶滅収容所が作られたポーランド西部の村。コウォ、ウーチに近い。

ドイツ人たちは人びとを下着姿で玄関口に追い立てました。零下のなかに裸で出たがらなかったのです。何があるかを目にすると、戻ろうとし始めました。するとドイツ人たちは彼らを殴り、車に追い立てました。

夜、仕事から地下室に戻ってくる人たちは、窒息死した人間を森に埋めている、と言いました。そのころ私は森の仕事に就きました。森では逃走可能だと考えたのです。

彼らは私たち三十人を車に載せ、ジュホフスキの森に連れて行き、シャベルとつるはしを与えました。八時、最初のトラックがヘウムノからやってきました。溝で働く人にはトラックの方を振り向くことは禁じられています、見ることを許されなかったのです。それでも私は見ました。ドイツ人たちは――扉を開けるやいなや――トラックから飛んで離れました。中から黒い煙が出てきました。私たちが立っていたところでは何の臭いも感じません。

そのあと、トラックに三人のユダヤ人が入り、死体を地面に投げ出します。トラックにはその半分ほどの高さまで死体が積み重なっていました。抱き合っている死体もありました。まだ生きている者はドイツ人が後頭部を撃ち抜きました。車から死体を投げ捨てると、トラックはヘウムノに出発しました。

そのあと、二人のユダヤ人が二人のウクライナ人に死体を引き渡します。ウクライナ人たちは民間人の服装でした。やっとこで死体から金歯を抜き、首からはお金を入れた小袋をはずし、腕からは時計、指からは指輪をはずしました。

吐き気を催させるほどしつこく、彼らは死体をあさりました。

このときまで彼らは三人組でやっていました。でもちょうどこの日、一人のウクライナ人が積み込みのときにユダヤ人と一緒にガストラックに押し込まれました。叫んだけれども、ほかの人たちも叫んだのでドイツ人たちは気づかなかった。こうして自分が検分するはずだったユダヤ人とともに、このウクライナ人は死んだのです。

トラックが森に着いたとき、彼らはこのウクライナ人に気づき、必死に助けようとしました。人工呼吸をしたが、だめだった。

ドイツ人たちは自分で死体を調べることはなかったのですが、この仕事をするウクライナ人のことはいつもよく監視していました。ウクライナ人たちが見つけたものはドイツ人たちが個別のトランクに入れました。

死体の下着を脱がせろとはさすがに命令しませんでした。

死体の捜索が終わると私たちはそれを溝に重ねた。頭と足が交互になるように。とても狭かったので、たくさん入るようにです。全部顔を下に向けました。溝は上に行くほど広くなり、地表のすぐ下にはおよそ三十の死体が並んで入りました。三、四メートルの溝に千の死体が入った。

森には窒息死体の移送が日に十三回あり、一台のトラックで一度に九十の死体がやって来ました。ユダヤ人たちは床を掃除し、貴重品を見つけるとやはりトランクに納めた。石鹸とタオルはヘウムノに舞い戻りです。

最初から私は何人かと逃げようと約束していました。でもみんなあまりに気落ちしてしまっていた。私たちの仕事は暗くなるまで丸一日続きました。仕事中、彼らは早くしろと私たちを打った。もしも誰かのろのろ働くようなことがあれば、顔を死体にうずめるよう命令し、その後頭部をピストルで撃ちました。

仕事中の私たちの監視についた憲兵たちは冷静でした。いつも同じ顔ぶれでした。私たちとは話さなかった。時々私たちのいる溝にタバコの箱を投げいれてきました。

一度、ジュホフスキの森に三人の見慣れぬドイツ人がやって来ました。SS将校たちと話し合い、一緒に死体を見て、笑い合い、去っていきました。

丸九日間、私は働き続けました。森はまだ柵で囲われてはおらず、死体焼却炉もまだありませんでした。私のところには、窒息死したブガイのユダヤ人が、イズビツァのユダヤ人が運ばれてきて、金曜にはウーチのジプシーたち、土曜にはウーチ・ゲットーのユダヤ人が運ばれてきた。ウーチのユダヤ人が運ばれてきたとき、ドイツ人たちは私たちを選別にかけ、二十人の弱った者がガス行きになり、替わりにウーチの力のあるユダヤ人が新しく入りました。

一日目、このウーチのユダヤ人たちは隣の地下室で黙り込み、壁越しにここが良い収容所か、たくさんパンをくれるか尋ねました。ここが何かを知ると、怯えて口々に言いました。「ああ、自分たちは進んでこの仕事に名乗り出たのに……」

一瞬黙って何かを考えた。彼の大きく骨ばったからだは内面の疲労感のためにしなった。思案の末に言った。

「ある日――それは火曜でした――、その日ヘウムノからやってきた三台目のトラックから、地面に私の妻と子供たちの死体が投げ出されました。男の子は七歳、女の子は四歳です。そのとき妻の死体の上に横になって言ったんだ、撃ってくれと。

私を撃ちはしなかった。ドイツ人は言ったのです。「人間は強い、まだよく働けるだろう。」そして私が立つまで棒で叩きました。

この夕方、地下室で二人のユダヤ人が首を吊りました。私も首を吊りたかったのですが、信心深い人が私を思いとどまらせました。

このとき、森へ向かう途中で逃げようと一人と話を決めました。でもこのときに限って、この男はもう一台のトラックで出かけました。だからもう、一人で逃げようと自分に言い聞かせました。

森に出発したとき、護送兵にタバコをねだりました。くれました。私は後ずさりし、ほかの者たちがタバコをねだって彼を取り巻きました。ナイフで運転手近くの布を切り裂き、トラックを飛び降りました。撃ってきましたが当たりません。森のなかで自転車にのったウクライナ人が撃ってきましたが、これも当たらなかった。私は逃げました。

村で穀物倉庫に逃げ込み、干草の奥深くにもぐり込みました。朝、壁際で、ドイツ人が村で逃げたユダヤ人を探している、と農民が話しているのを聞きました。何も食べずに二日間過ごし、私はこっそり穀物倉庫を出ました。途中で一人の農夫に近づきました——名前は知りません。その男が食べ物をくれ、麦藁帽子をくれ、ひげをそってくれた。私が人間らしく見えるように。彼のところからグラブフまで歩いて行き、そこで一緒に逃げる約束をしたあのユダヤ人に出会いました。彼は同じ日、もう一台のトラックから逃げていました。」


出発の前に私たちは、かつてミハウ・Pが無数の集合墓地を掘って働き、そして窒息死した妻と子供の死体を見つけたジュホフスキの森にいた。

低く暗く密集して伸びる松を枠にして広がる平野に、弱々しく茂った低い芝の筋が見える。そこにはギョウリュウモドキやクロマメノキもなければ羊歯もない。あるところには穴が掘られ、乾いた汚れた砂の中から、人のつま先の一部が見えた。森の奥の高いところで、焼き払われた焼却炉の跡地を教えられた。

土地の女二人がわたしたちのあとについて森の中を歩き回った。知り合いになると、果たして犯罪調査委員会は死体発掘作業を急げないものかと尋ねてきた。収容所が作られたばかりのころにここで射殺された男の母と妻であった。彼女たちはその埋葬場所を知っていた。

ある人はギリシャ語の印刷されたマッチ箱の破片を見つけ、別のある人は雨にすっかり洗われた、外国らしき製薬会社の紙切れを見つけた。そしてある人はかつて焼却炉があった場所に一片の小さな人間の骨を見つけた。

アウシュヴィッツの大人たちと子供たち

ポーランドの土地が——戦闘とは別に——その現場になった、急がれた死のその規模を頭でとらえようとして、恐怖に次いで体験する強烈な感覚が驚きである。

計り知れないほどの数の人間が、細部に至るまで考え抜かれ、合理的に無駄なく完成された機構の歯車のなかで窒息死させられ、焼かれた。だからといって、より恣意的で素人っぽく、個人的な好みに従った方法も放棄されることはなかった。

ポーランド領にあった死の収容所で、一万でも十万でもなく、数百万の人間存在が原料にされ、商品に加工された。広く知られるマイダネク、オシフィエンチム、ブジェジンカ[*1]、トレブリンカのような場所以外にも、それらほど知られていない新しい場所を次から次へと私たちは発見している。森と緑の丘に隠され、たいていは鉄道線路から遠くにあって、それらは一層単純化され、節約型のシステムに発展を遂げた。

こうして、ウーチ近郊のトゥシネクとヴョンチンには死人の層が丸々掘り返されて見つかった。

こうしてヘウムノでは、百万の犠牲者を出すのに、雑草と麦が揺れる美しい風景をのぞむ丘の上の古い一軒の屋敷で足りた。半分廃墟になりかけた一つの穀物倉、厳重に柵で囲われた、近くの松の植樹林の一角で足りた。

殺された人々を溶かして石鹸用の脂肪を取り出し、皮膚を油紙用になめすのには、グダンスク近郊のヴジェシチにある解剖学研究所の隣に作られた小さなレンガ作りの赤い建物で十分だった。

イタリアやオランダ、ノルウェーやチェコスロヴァキアで逮捕されたユダヤ人に、ドイツ人たちはポーランドの収容所ではすばらしい条件の仕事に就けると請け合った。学者たちには研究所のポストを約束した。とあるユダヤ人グループには、ポーランドの豊かな工業都市ウーチをあげると約束した。このとき彼らにはもっとも貴重なものだけを持ってくるよう命じた。

囚人の輸送車が目的地に到着すると、人は貨車から線路の片側に降り、トランクはその反対側に投げられ巨大な山を作った。

そのうえ、居住棟のなかでは全員が浴室に入る前に服を脱ぐように、そして脱いだ服をきれいに畳むように命じられた。一端そこから出たが最後、もう自分の服は見つからなかった。ある者たちはほとんど裸のまま、ガス室もしくは密閉した車にせき立てられ、車が焼却炉に向かって走る間に車内で排気ガスで殺された。そうでない者たちはかわりにぼろぼろの衣服を与えられ、それを着て労働に連れて行かれた。

他の収容所と同じく、オシフィエンチムでもウールの衣服、靴、貴重品や身の回りの品が倉庫いっぱいに集められた。積み荷でいっぱいになった汽車が次々と第三帝国に向かった。指輪から外されたダイヤモンドはコルクで栓をした瓶に入れられ、運びだされた。眼鏡、時計、コンパクト、歯ブラシがいっぱいに詰まった箱がいくつも汽車で去った——すべてにそれぞれの価値があった。

＊1　オシフィエンチムはアウシュヴィッツの、ブジェジンカはビルケナウのポーランド語名。強制・絶滅収容所が作られた。

燃やされた人骨は肥料に、脂肪は石鹸、皮膚は皮革製品に、頭髪はマットレスに使われた。これらは巨大な国家産業の副産物でしかなかった。それは数年の間に莫大な収益をもたらした。滞ることのないこの配当金は人間の苦難と恐怖、人間のおとしめと罪から生まれ、しかもそれが収容所という大宴会そのものの本質的かつ経済的な根拠であった。人種や民族の抹殺というイデオロギー的要請は、この経済的目的に奉仕し、その目的の根拠となった。

ダッハウやオラーニエンブルクといったドイツの収容所からようやくポーランドに戻ってきつつある囚人たちから、実際の様子について私たちの知識を補うような新しい細部を聞き知る。第三帝国にはポーランドの収容所から本部に運び込まれた衣服や靴をほどくのに専門に従事する部隊があったという。衣服の縫い目、編み上げ靴の靴底やかかとの下に縫いこまれた金貨が大量に発見された。ヒムラー[*1]の死後、ベルヒテスガーデンのその拠点から二十六カ国の外国為替にした何千というイギリスポンドが発見されたというのも不思議ではない。

オシフィエンチムの異常な出来事を──目撃者の証言がもたらした資料をもとに、そして出来事の現場を直《じか》に検分して──知るにつれて衝撃となるのは、目的に向かって極めて精確に稼動するシステムが作り上げられたという事実であり、収容所が政治的かつ経済的、言い換えれば、理念的かつ実践的という二重の役割に向けて作られている事実だ。

政治的役割は、ある地域の自然資源と文化財産をひっくるめて接収するために、その土地をその居住者たちから解放することだった。経済的役割は、その企図の遂行によって損失が出ないようにするだけではなく、どんなコストも発生しないようにするだけではなく、その逆、つまり、同時にそこから利益を引き出せるような元手にすることであった。第一に、軍需品工場における囚人の労働というかたちで、第二に、死者たちから奪った財産という現物として。

このように考えだされ、実行された大宴会は人間の作品だった。人間がその実行者であり、その対象だった。人間が人間にこの運命を用意した。

それはどんな人間だったのか?

ドイツ犯罪調査委員会の前を、何の期待もなしに死から救われたかつての収容所の囚人たちの列が通り過ぎた。その中には学者、政治家、医者、教授たち、国民の誉れとなる人々がいた。

彼らはみな、近しい人たちのなかで一人だけ助かり、両親や妻や子供の死を知らされた。ほとんど期待せずして助かった。

＊1　ナチス幹部。親衛隊全国指導者兼警察長官。強制収容所を統括し、ユダヤ人絶滅政策を進めた。

ブダペスト大学教授のマンスフェルト医師は言った。「助かるなど一瞬たりとも信じなかったからこそ生き延びることができました。もし幻想に身を委ねていたら、私を命につなぎとめてくれたあの道徳的冷静さはなかったでしょう。」

この人たちの収容所における任務は、自分たち自身が一日一日死から逃れるような状況下、ほかの人と同じようにあらゆる種類の苦しみを受けながらも、ほかの人に助けを与えることだった。医者として彼らは収容所内のドイツ人にとって必要な人物であり、このことが彼らに犠牲者を救う可能性を与えた。

こうしてクラクフのグラプチンスキ医師は、第二十二棟《ブロック》という殺戮の場所とそこに「仕上げ」に送り込まれる病人たちの恐怖を引き受け、そのブロックを本当の病院に変えた。ただ医者として病人を手当てし、彼らのために薬や包帯を手に入れただけではなく、策略を練って重病人をガス室送りから守り、あと五日もあれば健康になるといってその命を救った。

しかし、殺戮と強奪のこの精緻な計画を自分の手で遂行したのもまた人間だった。命令の範囲を拡大した人間も、書かれたノルマ以上に好んで殺したのも人間だった。

ドイツの収容所に計十二年間を過ごしたマイエル国会議員は鮮やかな描写で証言し、オシフィエンチムの拷問者たちがどんなだったかを教えてくれる。

オシフィエンチム収容所で最悪の犯罪人はアウグスト・グラスというずんぐりして筋骨たくましい男だった。毎日、各ブロックをアスリートの足取りでゆらゆら歩いて回った。この男は目をつけた犠牲者たちの腎臓を狙い打ちした。跡が残らないようにするためだ。そして死はそれから三日後に訪れた。

他の者は人間の首に足を当て、体の重みをかけてその喉頭を砕いた。

他の者は囚人の頭を桶に突っ込み、この不幸な人が窒息するまで頭を押さえつけた。

もっとも残忍なカポの一人はもともと犯罪者であり、点呼の際の要求がとても細かかった。服や靴の清潔が徹底していないと、先端に鉛をつけたゴム棒で頭を正確に殴って即死させた。一日十五人殺すことが彼には重要だった。

さらに別の男。二メートルの長身で鼻が長く、顔も長く、小さな目をして首の喉仏が動くその男はとても腕が長い——毎日この腕で、早朝のぶらぶら歩きをしながら、さまざまなブロックで目に付いた囚人を数人選んで朝食前に絞め殺した。

人間がこうしたことをできたことに疑いはないが、やらねばならなかったわけではない。しかし、その力を彼らから引き出し、作動させるためのすべてがあらかじめなされていた。その力は人間の意識下でまどろみ、起こされることも表に出ることもなくいれたはずなのに。

極めて丹念になされた選別とよく練られた訓練システムが、史上唯一の人間集団を作り出し、その集団が与えられた役割を最後まで演じきった。

マイエル議員の証言によれば、ヒトラーの党は初期の段階に、社会的に堕落した人間に支持者を募って党勢を拡大した。そこには犯罪者、殺人者、泥棒たちがいて、売春斡旋者たちがいた。ナチス式教育は彼らが生まれつき持つ本能を特別に保護した。これを示すのがドイツで発せられた特別法である。これは誰であれ、党員の個人的な過去を非難することを禁じていた。たくさんの人がこの禁令を犯したとして投獄された。

プラハの精神医学教授のフィッシャー博士の証言によれば、青年ヒトラー党員を教育するためのたいてい二年の特別講座では、サディスティックな残酷行為の実践練習が行われていた。

このフィッシャー教授は熟練の司法専門家であり、サディズムはわずかにも犯罪者の責任を減じることはないと主張した。彼らはみな自分の行為に意識的であり、それに対して完全なる責任を負っている。


オシフィエンチムの子供たちは死ぬことになるとわかっていた。ガス室の窒息死に選ばれたのは、まだ働くことのできない小さな子供たちだった。選別は次のように行われた。子供たちは順番に、一メートル二十センチの高さに設置された細い棒の下を通った。この瞬間の重大さに気づいて、この小さな子供たちは頭を棒につけて命拾いできるよう、棒に近づき、体をまっすぐに、背中を伸ばしてくぐった。

およそ六百人の子供たちがガス殺を予定されながらも、ガス室をいっぱいにするだけの人数に達しないために監禁されていた。それでも何のことかは子供たちにもわかっていた。収容所を散り散りに駆け回って隠れたが、SSがまたブロックへと追い立てた。遠くからも彼らが泣いて助けを求める叫び声が聞こえた。

「わたしたちガスはやだ！　生きたいよう！」

一人の医者の医務室の窓を夜叩く者がいた。開くと真っ裸で寒さのためにがちがちになった二人の少年が入ってきた。一人は十二歳、もう一人は十四歳。車がガス室に近づいた瞬間、逃げ出すのに成功した。医者は二人を自分のところに隠し、食料を与え、二人のために服を見つけてきた。焼却炉で働く信頼の置ける男には、受け取った死体が二体多かったことにして署名させた。いつ破滅してもおかしくない状況に我が身をさらしながら、少年たちが収容所に再度現れても疑いが生じなくなる時まで、彼らを自分のところに匿った。

プラハの教授であるエプシュタイン医師は、天気の良い夏の朝、オシフィエンチムの収容棟の間の道をぶらぶら歩きながら、まだ生きている小さな二人の子供を見かけた。道の砂の上に座りこんで、その上でなにやら小さな棒を動かしていた。医師はそばに立ち止まって尋ねた。「ここで何をしてるんだね、子供たち?」するとと答えがあった。「ユダヤ人焼きごっこだよ。」

一九四五年春から夏

訳者解説

一

メダリオンとは縁取られた円形の肖像を指す。ポーランドの墓石にはしばしば故人のメダリオンが嵌めこまれている。短編集『メダリオン』（*Medaliony*）はこの「メダリオン」の複数形を原題とする。収録された短編は、それぞれが平凡な市民の肖像である。しかし、その肖像は戦争によって砕かれている。短編「墓場の女」のなかで、爆撃によって割れて散らばるワルシャワの墓地のメダリオンのように。

一九三九年九月一日、ナチス・ドイツは東の隣国ポーランドに侵攻し、ヨーロッパにおける第二次世界大戦の口火が切られる。九月十七日、ドイツと不可侵条約を結んでいたソ連が東からポーランドに侵攻し、二十八日、ドイツとソ連によるポーランドの分割占領が確定する。いずれの占領下でもポーランド人に対する厳しい弾圧が行われた。ソ連占領地域では軍人、警察官、役人、地主や工場主、聖職者が多数逮捕されたほか、一般市民も大量にシベリアや中央アジアに送られ、多くが死亡した。ポーランド人将校が集団殺戮されたカティンの森事件も知られる。ドイツ支配下では、ポーランド人は二等市民とみなされた。労働に徴発され、ささいなことでも逮捕や死の危険にさらされた。ナチス・ドイツはポーランド人の文化的アイデンティティを奪うため、中等学校以上を閉鎖した。さらに、政治的、社会的指導層となる学者や知識人を逮捕し、収容所に送り、多くがそこで殺された。戦前のポーランドは全人口のおよそ一割、都市部ではときに三割をユダヤ人（ユダヤ教徒）が占めた。ドイツ併合地域と占領地域（総督領）のユダヤ人は、市民権を剥奪され、町の一画に作られた狭くて不衛生なゲットーに強制移住させられる。人口過多と食糧不足、寒さ、日常的に行われた殺戮のためにゲットー内の死者は増えた。

一九四一年六月に独ソ戦が勃発すると、ドイツは東のソ連占領地域に侵攻し、移動しながらユダヤ人を無差別殺戮する作戦をとる。ナチス・ドイツのユダヤ人政策は絶滅に舵を切った。ユダヤ人の殺害を唯一の目的とする絶滅収容所が占領下のポーランドに建設され、ヨーロッパ各地からユダヤ人が送られ、殺された。ドイツは次第にソ連に押し戻される。四四年七月には現在のポーランド国境の西側にソ連の赤軍が入り、戦後の政権につながる国民解放委員会がソ連によって樹立される。四五年一月、赤軍はナチス・ドイツ占領下にあった首都ワルシャワに達し、それ以西の都市も次々に「解放」した。

ポーランドの女流作家ゾフィア・ナウコフスカ（一八八四-一九五四）は、一九四五年の春、「解放」

後すぐのポーランドに組織された、ポーランドにおけるナチス犯罪調査委員会に参加した。本書は委員会メンバーとして現場の査察や関係者の聴取に立ち会った体験と、ナチス・ドイツに占領されたワルシャワに数年を過ごした作家自身の個人的な出会いや対話に基づく証言文学である。証言者にはユダヤ人のほか、対独レジスタンスのポーランド人（短編「底」）もカトリックへ改宗したユダヤ教徒もいる（短編「草地《ヴィザ》」）。ナチス・ドイツ占領下のポーランドにおける、ユダヤ系も含むポーランド市民の経験をめぐる証言文学だ。

二

ナウコフスカは一八八四年、有名な地理学者で進歩的思想の持ち主だった父ヴァツワフ・ナウコフスキと元教員でやはり地理学者になった母アンナのもとにワルシャワで生まれた。ポーランド三国分割の時期であり、ワルシャワはロシアの実質的な支配下にあった。知識人の集う文化的環境に育ったナウコフスカは早くから象徴主義的詩を書き始め、まもなく散文に移行する。一九〇六年にポーランドのフェミニズム文学に数えられる『女たち』を刊行して本格的に作家デビューを飾り、両大戦間期にかけて次々と作品を発表した。人間の心理や性格形成を探る作品で知られる（『境目』一九三五、『我慢できない人々』一九三九など）。

社交家で実際家でもあったナウコフスカは、両大戦間期、ポーランド文学協会の唯一の女性会員であり、ペンクラブ副会長を務め、文壇の中心的存在だった。その文学サロンには一流の才能が集まり、ブルーノ・シュルツやヴィトルド・ゴンブローヴィチといった若手前衛作家の才能を発掘し、援助したことでも知られる。短編集『肉桂色の店』の原稿を片手に田舎からワルシャワにのぼったシュルツの原稿を読み、その価値を即座に見抜いて出版の手はずを整えたのはナウコフスカだ。常に崇拝者の男性に取り巻かれ、恋愛も奔放で二度の離婚を経験した。八歳下のシュルツとの短いロマンスも伝えられる。ナチス・ドイツ占領下のワルシャワでは母と妹と暮らし、タバコ屋を営んで生計を立て、地下文学活動にも加わった。一九三九年十月一日の日記には次のようにある。「ギゼラ〔ナウコフスカの女友達〕の招きでニースに行き、あそこにいて得られる安全という特権と不名誉のすべてを分かち合わなかったことに幸せを感じる。私はここにいる、いるべきところに〔……〕ワルシャワの運命そのもののそばに」[1]。

戦後は破壊されたワルシャワからウーチに移り、そこからナチス犯罪調査委員会の仕事で各地に赴いた。波仏友好協会の代表、ペンクラブ副会長を務めたほか、ポーランド作家組合にも加わり、国内外で開かれる国際会議にはポーランド代表として出席した。ポーランドの臨時議会である国民評議会の代表にもなり、四七年と五二年の二回、国会議員に選出されている（無所属、任期中に他界）。

公人としての活動の一方、一九四九年に社会主義リアリズムが公式の文学の様式となったポーランドで、晩年は思うままに書くことは叶わず、戦前の作品の発表にも制限がかかった。ワルシャワには一九五〇年に戻り、同地で五四年に亡くなる。一九三六年と五三年に文学的功績により受勲。三国分割期、大戦間期の独立の時代、第二次世界大戦直後の社会主義時代という三つの時代にまたがって、文壇の中心にあり続け、政治的な影響力を保った二十世紀ポーランドを代表する文化人である。一八九九年から続けた日記は作家の没後に『日記』（*Dzienniki*）として刊行され、世紀末から二十世紀半ばにかけてのポーランド文壇と文化人の交流を伝える貴重な資料になっている。

三

短編集『メダリオン』収録の短編は、一九四五年春から夏にかけて、調査委員会の活動とほぼ並行して執筆された。短編は時をおかず、夏から冬に単発で雑誌に次々と発表された。遅すぎてしまうのではないか、もうこのテーマに読者は飽き飽きしてしまうのではないかという不安から、作者は刊行を急いだという。四六年一月にはワルシャワの出版社チテルニク社に完成原稿を送るも、ゲラの戻りは遅く、刊行は十二月にずれこんだ。それでもこの短編集は世界的にも最初期のホロコースト文学であり、ナチス犯罪文学の一つに数えられる。ナチス犯罪に焦点化するこの短編集は、ソ連型の一党独裁政治が行わ

（1）Zofia Nałkowska, *Dzienniki V 1939-1944*, ed. Hanna Kirchner (Warszawa: Czytelnik, 1996), p.106.

れたポーランド人民共和国（略称ＰＲＬ）時代の公式の歴史観に反することもなく、学校などで積極的に読み継がれ、体制転換後の今日に至るまで、ポーランドでは知らぬ人はいないほどに有名な作品であり、古典である。ポーランドはアウシュヴィッツをはじめとする絶滅収容所が作られ、ホロコーストの現場となった。そのポーランドにおける戦争とホロコーストの記憶の形成を考えるうえで欠くことのできない一冊である。加害者ナチス・ドイツ、被害者ユダヤ人という二項的図式からは漏れてしまう要素に視野を開いてもくれる。

東西冷戦期、一九四〇年代から七〇年代にかけて、本書はイタリア語のほか、東欧の社会主義国を中心にそれぞれの国の言語に訳され、読まれた。ドイツ語訳は一九五六年にベルリン、六八年にフランクフルトで刊行されている（どちらもポーランド文学のすぐれた翻訳家ヘンリク・ベレスカの訳。訳者の参照したフランクフルト版では、短編の順番がポーランド語版とは違い、「シュパンナー教授」ではなく、「墓場の女」が巻頭を飾る）。アジアでは六四年にハノイでヴェトナム語訳が刊行された。社会主義ブロックにおける受容と反比例するかのように、英語版の刊行は二〇〇〇年まで待つことになった。フランス語版の短編集の刊行も二〇一四年のことである（ただし、一九四六年にフランスの新聞にフランス語訳が掲載されたとも伝えられる）。

東欧諸国の体制転換を経た二〇〇〇年代以降、統一ドイツの首都ベルリンや東欧ではホロコースト記念碑や博物館が相次いで作られ、自国の加害や加担という負の面も含めた出来事の記憶が公的空間で共有され、それに基づく共通理解が形成されている。ポーランドでも二〇一四年、ワルシャワのユダヤ人ゲットー跡地に大規模なポーランド・ユダヤ人歴史博物館（略称ポリン）が本格オープンした。今日までのポーランドのユダヤ人の歴史を、ホロコースト、そしてポーランド人による加害の歴史も含めて展示するこの博物館は、体制転換後のポーランドにおいて、ポーランド人とユダヤ人の歴史に対して一定の共通認識が形成されたことを示す。ナチス犯罪を糾弾する本として社会主義国を中心に読まれたナウコフスカの短編集の受容も、時代の変化、翻訳の広がりとともに、新しい段階に入りつつある。

四

一九四六年刊行のこの短編集では、今日に至るホロコーストをめぐる語りや議論の鍵となる要素がすでにかなり提示されている。何より、数あるホロコースト文学やナチス占領時代を描く文学からこの作品を区別するのは、証言から成る短編集という形式であり、その語りの手法である。

この短編集は、ナウコフスカとおぼしき女性の語り手が体験者の証言を聞く形式により、二種類の語りが導入される。大半は証言者たちの語る体験談だ。ナウコフスカはごく普通の消え行く個人の声を拾い上げた。彼らが発する言葉には凝ったレトリックも言い回しもなく、出来事が素朴な言葉で淡々とつむがれる。その合間にごくわずかに、聞き手である女性＝ナウコフスカの語りが差し挟まれる。証言の聞き手＝語り手は一人称を極力排し、証言者の様子や証言の情景を三人称で簡潔に描写する。聞き手＝

語り手による判断は最小限に抑えられ、語り手は彼らを断罪も英雄化もしない。証言の内容を判断するような示唆も与えられない。発表当時はファシズムに対する批判が弱すぎるという批判もあったというほどだ。語り手の姿や言葉はほとんど描写に現れず、読者は聞き手の干渉あるいはコメントなしに、発せられた証言に直接向き合うことを余儀なくされる。時折、証言者からの「あなた」という呼びかけが差し挟まれ（ポーランド語の敬称二人称の「あなた」は男性と女性で異なる）、女性の語り手の姿が作者ナウコフスカと重なってつと浮かび上がり、語り手の存在が思い出される。語り手の存在を限りなく透明に近づけることで、読者を証言という出来事の当事者に引き込む。

この短編集には証言者の言葉が直接話法で続く。証言者たちは一人称の「わたし」を使って自らの行為を語り、三人称複数の「彼ら」を主語に、「わたし」たちに危害を加えるナチス側の人間の行為を語る。証言が進むにつれて「彼ら」の行為の描写が増える。そして中断なしにつづられることで証言は加速し、そこで語られる加害行為と出来事の経過も加速する。

日本語と違ってポーランド語では、引用符は始まりにはつくが、終わりにはつかない。原文では、引用符に始まる証言がその内部で改行を繰り返し、いつしか証言者の語りなのか、語り手による証言の要約なのかの境界が見た目のうえでも内容的にも、判別不可能になっていく。文学では発話の主体をその属性も含めて判別不可能なままに宙吊りにすることが可能だ。ナウコフスカの短編は文学のこの特性を生かし、証言者と聞き手の絶対的な区別を融解する。並行して別に走っていた証言者と語り手の声の区別がある瞬間、消失点に達し、重なる。

短編「ドゥヴォイラ・ジェロナ」のジェロナ夫人は生きようという意志の動機が、何が起きたかを世界に知らしめるためであったと回顧する。

生きたかった。なぜかって？　お話しましょう。あなたに今話しているように、すべてを話すためです。彼らが何をしたのか世界に伝わりますよう！（六四頁）

作家ナウコフスカは証言を聞き、証言者の代理となって、出来事を短編の形式で語りなおした。ナウコフスカの語りの技法は、証言の聞き手が新たな語り手に転換することを実践して見せている。証言という出来事は連鎖する。ナウコフスカの読者も、語りなおされた証言の聞き手となり、新たな証言の主体になる可能性を与えられる。口承、あるいは語りの連鎖という記憶の継承の基本的な様式は、証言の聞き手にその存続可能性を預けている。

五

今日この短編集を読むと、これがホロコーストをめぐる語りや表象の一つの大きな転換点となったクロード・ランズマン監督の一九八五年の証言映画『ショアー』（*SHOAH*）によって前景化された要素をすでに網羅していることに気づく。映画『ショアー』は日本では戦後五十年の一九九五年に十年遅れで公開され、大きな議論を呼んだ。旧約聖書に現れる神への丸焼きの捧げ物を意味するギリシャ語を語源にした「ホロコースト」に代えて、現代ヘブライ語で「災厄」を意味する「ショアー」の使用が広まったのも、この映画の影響によるところが大きい（この理解を踏まえつつも、本稿では広く通用している「ホロコースト」を使用する）。

二つの作品の共通項は第一に証言である。九時間半という異例の長さの映画『ショアー』は証言から成る。ホロコーストに関係する人々が一九七六年から八一年にかけて行われた撮影の現在において出来事を想起し、カメラの前で語る。記録映像や効果音は一切使われない。一人称単数の個人的語りである証言を積み重ね、差異を含むそれらの証言のベクトルが積み重なり、出来事が再構成されていく。そして、一回限りの証言を反復可能な映像メディアに記録する。一方、出来事の全体像が少しずつ解き明かされていく渦中にいた一九四五年の執筆時点のナウコフスカは、自ら集めた個人の証言を短編にし、それらを積み重ねて出来事の全体あるいは一端に近づこうとした。短編の語り手となるナウコフスカは、証言者に向き合い、問いかけ、言葉を拾い、発話としては記録されない沈黙の瞬間の表情や動作を記録し、それらを切り取り編集して短編に作り上げる。証言による構成、聞き手やインタビュアーとしての語り手／作者の役割、証言集からは切り落とされる沈黙や身体的「語り」の記録、そして編集という点で、二つの作品は呼応する。

二つの作品が象徴的に交差するのがヘウムノ絶滅収容所跡地の緑豊かな「現在の」風景である。映画

『ショアー』はヘウムノの川と緑の風景を背景に始まる。同じヘウムノの牧歌的な緑の風景に始まるのがナウコフスカの短編「人間は強い」である。ここに証言者として登場するのは、ヘウムノからの生還者であるミハウ・P、すなわちミハウ・ポトフレブニクであり、映画『ショアー』に登場する証言者の一人、モルデハイ・ポドフレブニクその人である。

ナチス・ドイツ占領下のポーランドには、アウシュヴィッツ＝ビルケナウ、トレブリンカ、マイダネク、ヘウムノ、ソビブル、ベウジェツの六つの絶滅収容所が作られた。懲罰や強制労働、隔離を目的とする強制収容所とは違い、ユダヤ人を殺すことを目的とした収容所である。アウシュヴィッツ、トレブリンカ、マイダネクは強制収容所としても機能し、ポーランド人も多数収容され、犠牲となった。この三つはゆえに、戦後のポーランド人民共和国時代に記念化事業が進み、国立博物館化され、ナチス犯罪を象徴する場所として知られる。とりわけアウシュヴィッツ収容所跡地は一九七九年に世界遺産にも登録され、世界的にホロコーストの象徴となった。その裏面となるかのように、忘却されつつあったのがその他の三つの絶滅収容所――ヘウムノ、ソビブル、ベウジェツである。絶滅収容所はそもそも人目につかない場所に作られた。証人となりうる囚人のほとんどが殺されたうえ、収容所施設が終戦前に解体され、跡地には植林されたり、家が建てられたりし、記憶も含む徹底的な痕跡の消去を目指したナチス・ドイツの企図どおりに出来事の忘却が進んだ。ホロコーストを痕跡の消去と不在を特徴とする出来事としてとらえる映画『ショアー』は、忘れられたこれらの絶滅収容所を記憶に取り戻すきっかけとなった。体制転換以降、とりわけ二〇〇〇年前後からは国内外の資金により、これら三つの収容所の記念化事業も急速に進む。

映画『ショアー』はポーランド人を傍観者として一面的に描いているため、当然ながらポーランドでは大きな反発を生んだ。ドイツ占領下のポーランドでは、ユダヤ人を匿うと死刑になり、密告も横行していた。その状況でもユダヤ人を救ったポーランド人は少なくなかった。ナウコフスカの短編「人間は強い」のなかで、収容所から逃走したポトフレブニクに手を差し伸べた農民もその一人だろう。短編集『メダリオン』には戦中のポーランド人の一様ではない姿が描きだされている。とはいえ、そのなかでも際立つのは、短編「墓場の女」や「線路脇で」に代表されるように、隣人ユダヤ人に対するポーランド人の態度を厳しく、批判的に見つめるまなざしである。

六

短編「墓場の女」は一九四三年四月十九日に始まったワルシャワ・ゲットー蜂起を背景とする。ナウコフスカと彫刻家である妹のハンナはその前年、最愛の母を亡くしていた（父は一九一一年に他界）。この短編のなかに言及される十字架のない墓は、ナウコフスカ家の墓という。ナウコフスカの『日記』をたどると、一九四三年四月二十五日、二十八日、五月七日に短編「墓場の女」に現れる描写やフレーズが見つかる。ゲットー蜂起の最中の作者の体験に基づく作品である。

一九四二年七月から、ワルシャワ・ゲットーのユダヤ人はトレブリンカ絶滅収容所へ移送され、蜂起開始の時点でゲットーはほぼ空になっていた。ドイツがゲットー解体に着手しようとしたまさにその瞬間、生き残っていたユダヤ人による予想もされない武装蜂起が起き、さらに予想に反して五月十六日まで続き、そして鎮圧された。ワルシャワ・ゲットーは首都ワルシャワの中心部に作られ、高さ三・五メートルの壁が外の世界からゲットーを区切った。壁のすぐ脇を路面電車が走り、壁の「こちら側」では戦時下とはいえ日常生活が営まれた。壁で遮られていても、音や声は聞こえ、匂いが漂い、炎の熱が伝わり、上部は見える。ゲットーはユダヤ人の隣人であったポーランド人すなわち非ユダヤ系市民がホロコーストという出来事にいかに対応したか、個人を道義的次元から問うトポスとして機能している。

短編集『メダリオン』と同じ戦争直後に、戦前から名を知られる若手詩人や作家が同じようにワルシャワ・ゲットー蜂起を扱う作品を発表していることも注目される。一九八〇年にノーベル文学賞を受賞するチェスワフ・ミウォシュ（一九一一―二〇〇四）の詩「カンポ・ディ・フィオーリ」、「哀れなクリスチャンがゲットーをみつめる」（詩集『救出』一九四五年所収、西成彦訳あり）、作家イエジ・アンジェイエフスキ（一九一四―九八）の短編「聖週間」（短編集『夜』一九四五年所収、吉上昭三訳あり、アンジェイ・ワイダが一九九五年に映画化）は、蜂起のさなかもゲットーの壁一枚を隔てて戦時下の日常生活を営んだ、営まざるをえなかったポーランド人の心理、態度を正面から扱い、記憶も生々しい戦争直後にポーランド社会に放った厳しい問いかけだ。「なかった」ことにしたい負の部分も含めて問い直すまなざしが、この一連の作品を現在も世界各地の状況に照らして新しく読みなおすに足るものにしている。

ナウコフスカの短編の終わりに想起される、燃え盛る建物から飛び降りる人々の姿は、ゲットー蜂起の代表的イメージの一つとして定着し、たとえばロマン・ポランスキ監督の映画『戦場のピアニスト』（二〇〇二）にも見ることができる。飛び降りる瞬間は見えるが、壁のためにそこから墜落に至る像は見えない。ナウコフスカの短編では「ぴしゃん、ぴしゃん」という音がその結果すなわち死を伝える。壁のこち現場にいた者の記憶にのみ残るイメージ不在の音が、出来事の不可視となった部分を伝える。壁のこちら側からとらえるイメージには不在であり続けた投身のその後、すなわち死という事実を、そしてほとんどの人が未経験である、人が地面に墜落して立てる音を文学が記録し、伝える。「出来事のかけらとして」（三九頁）届くものを総合し、それらを断片にすぎないからと切り捨てる暴力に抗し、再構成するのは、断片を受け取るわれわれだ。

短編「草地《ヴィザ》」のタイトルにある「ヴィザ」（wiza）は一般的なポーランド語ではなく、収容所に生まれた収容所の言語である。ドイツ語の「草地」（Wiese）をポーランド語化したものだ。ヨーロッパ中から集められたユダヤ人の日常言語は出身地の数だけあり、一口に収容所と言っても、そこは聞きなれない言葉が意味を持たぬ雑音となって重なり、響く言語的なカオスであったと想像できる。そのなかで、支配者の言語であるドイツ語は唯一絶対の優位にあり、その理解力が生存にも関わったはずだ。「ヴィザに行け！」の指示するところを収容された人びとは集団的に、身体的に、反復によって習得した。証言者の女性はマリアといい、ナウコフスカの加わった調査委員会の聴取を一九四五年四月に受けたらしい。九月になって個人的に、クラクフのフロリアンスキ・ホテルに滞在中のナウコフスカを訪ねてきた。ナウコフスカの語りは、マリアがヴィザに行けと追い立てられ、立たされた側なのか、それともそれを眺めていたのか、何らかの加担者なのかを推測する手がかりを与えない。

これは短編「線路脇で」にも言える。線路脇の女の出来事を忘れられないという男がその出来事にどのように関わっていたのか、解き明かされずに終わる。証言者自身の関与が明かされず、それを互いに問わない、問えないのは戦争直後の人々の状態を反映しているのかもしれない。この小説空間に、あるいは現実に全知の語り手は存在しない。

刊行から七十年近くが経過し、新しい事実もわかってきた。冒頭の短編「シュパンナー教授」は人体からの石鹸作りという出来事が強烈な印象を与える。戦後、ポーランドの学校の課題図書にもなったナウコフスカの『メダリオン』は、この出来事を広く知らせるうえで大きな役割を果たした。ナチス犯罪のおぞましさを象徴する出来事の一つとして、ポーランド社会の共通の記憶に組み込まれている。ホロコーストを早い時期に扱ったフランスのアラン・レネ監督の映画『夜と霧』(一九五五)にも、ナウコフスカの短編の描写さながら、首がすっぱり切られた死体や胴体のない頭部が転がる記録写真が提示される。さらにナレーションは石鹸作りに言及し、前後の文脈から、ユダヤ人の死体を利用して石鹸を作ったことが示唆される。一方、ナウコフスカの短編は決してユダヤ人の死体を使った石鹸作りとは書いていない。

すでに戦中、ナチス・ドイツがユダヤ人の脂肪を原料に石鹸を作っている、という噂はポーランドやドイツでささやかれ、半ば信じられてもいた。当時のドイツ領で大量生産されて流通していたＲＩＦ印の石鹸がそれであるという噂も根強く、今でもそうした情報を載せたインターネットサイトが見つかるが、これはデマであり、ＲＩＦ印の石鹸に人間の脂肪が含まれていないことは科学的に証明されている。

経緯は次のとおりである。一九四五年四月、解剖学研究所のあるグダンスクはナチス・ドイツからソ連の支配下に入った。そのとき、研究所で解剖学の実験以外のことが行われていた事実が判明した。五月に調査が行われ、死体や皮膚、骨、石鹸製品が押収され、写真撮影も行われた。短編「シュパンナー教授」は、この五月の現場検証や聴取に同行した記録である。

体制転換から十年以上が過ぎた二〇〇二年、国家機関であるポーランド国民記憶院（略称ＩＰＮ）がこの石鹸作りの事件を再調査し、二〇〇六年にその結果を発表した。ナウコフスカの記述どおり、グダンスクの解剖学研究所所長のシュパンナー教授が近隣の刑務所や精神病院から死体を集めていたこと、そして解剖学研究所で死体の脂肪を使った石鹸が実験の域を越えない範囲ではあるが、実際に作られたことが確認された。その一方で、死体の脂肪を使った石鹸が産業的に大量生産された事実はなく、ユダヤ人の死体を原料にしたこともなければ、石鹸作りのために人間を殺したという事実もないことが明らかにされた(2)。

「人間が人間にこの運命を用意した」をエピグラフとする短編集『メダリオン』は、ホロコーストに限定した短編集ではない。全体を貫くのは、なぜ人間の文明がこのようなところに行き着いたのか、というアドルノにも通じる問いである。短編「シュパンナー教授」の末尾で、事情聴取を受けた二人の外国人教授・医師の応答は対照的ではあるが、どちらも典型的な、アーレントの「悪の凡庸さ」に通じる態度を例示している。シュパンナー教授の石鹸作りを想定できたか、という問いに対し、一人は命令があったら教授はやっただろう、と答え、もう一人はそうするのが国益だったからやったはずだ、と石鹸作りを正当化するような自説を図らずも吐露さえする。

最後の短編「アウシュヴィッツの大人たちと子供たち」は先行する七編のまとめであり、他の短編とは趣を異にし、作者ナウコフスカの考察が展開される。ナチスのユダヤ人政策の動因と性質を簡潔に言い当てる一方、責任は直接の個々の暴力の加害者に向けられ、潜在的な暴力的本性を呼び覚まして活用した教育やシステムに還元される。今日の視点からはこの考察に物足りなさも残るが、それによって本書全体の価値が損なわれることはない。

---

(2) 国民記憶院ホームページや当時のポーランドの新聞記事等参照。
http://ipn.gov.pl/aktualnosci/2006/centrala/dzialalnosc-prof.-rudolfa-marii-spannera-w-swietle-wynikow-sledztwa-oddzialowej. Roman Daszczyński and Krzysztof Wójcik, "Mydło z ludzi to nie ludobójstwo." *Gazeta wyborcza*, 2 September, 2005. [http://wiadomosci.gazeta.pl/wiadomosci/1,114873,2897083.html] Accessed October 19, 2015.

七

戦争直後のさまざまな証言（女性が多いことも注目される）を集めたこの短編集が突きつけるもの、それはナチス・ドイツという特殊性を取り去っても残る「人間が人間にこの運命を用意した」という事実である。第二次世界大戦後七十年を経ても、大国の論理や正義という名のもとに爆撃や戦争が行われ、多数の市民が生命を絶たれ、生活を破壊される現場を世界は目撃してきた。ホロコースト文学に連なる本書を今、訳しながら、イスラエル国家成立後のパレスチナの現状、惨状を想起しないわけにはいかない。ナウコフスカの警句は、現在起きている出来事とその同時代人である私たちがそれらに対して選択する態度と行動にも向けられている。

底本としてはチテルニク社の一九六五年の第九版（Zofia Nałkowska, *Medaliony*. Warszawa: Czytelnik, 1965 [Wydanie IX]）を使った。増刷を重ね、複数の出版社から出ている本である。八〇年代後半以降の版には、ごく短い語句が付け足されている箇所が一つあり（「イズビツァのユダヤ人が十五人乗っていました」八二頁）、それは新版に倣って訳出した。日本語ではすでに、短編「シュパンナー教授」（小原雅俊訳、同編『文学の贈物——東中欧文学アンソロジー』未知谷、二〇〇〇年）、短編「墓場の女」、「線路ぎわで」（米川和夫訳、尾崎義、木村彰一編『世界短篇文学全集一〇　北欧・東欧文学』集英社、一九六三年）が出ている。翻訳にあたってはこれらの既訳を参考にしたほか、ドイツ語訳、英語訳も参照した。セルビア語に関しては、野町素己氏にご助言いただいた。最後に、刊行を快諾してくださった松籟社の木村浩之氏に感謝する。巻頭の地図も氏の作成である。

二〇一五年十月

加藤有子

参考文献

Kirchner, Hanna. *Nałkowska albo życie pisanie*. Warszawa: Wydawnictwo W.A.B, 2011.
Literatura Polska XX wieku: Przewodnik encyklopedyczny. Tom 1. Warszawa: Wydawnictwo Naukowe PWN, 2000.
Nałkowska, Zofia. *Dzienniki V 1939-1944*. Edited by Hanna Kirchner. Warszawa: Czytelnik, 1996.
——. *Medalions*. Translated by Henryk Bereska. [Frankfurt am Main]: Suhrkamp Verlag, 1968.
——. *Medalions*. Translated by Diana Kuprel. Evanston, Illinois: Northwestern University Press, 2000.
イエジ・アンジェイェフスキ「聖週間」吉上昭三訳『東欧の文学』七巻、恒文社、一九六六年所収。
小原雅俊編『文学の贈物——東中欧文学アンソロジー』未知谷、二〇〇〇年。
尾崎義、木村彰一編『世界短篇文学全集一〇　北欧・東欧文学』集英社、一九六三年。
関口時正、沼野充義編『チェスワフ・ミウォシュ詩集』未知谷、二〇一一年。

【訳者紹介】

加藤　有子（かとう・ありこ）

1975年、秋田県生まれ。東京大学文学部卒業、東京大学大学院総合文化研究科博士課程単位取得満期退学。博士（学術）。

現在、名古屋外国語大学外国語学部准教授。専門はポーランド文学・文化、表象文化論。

著書に『ブルーノ・シュルツ――目から手へ』（水声社）、『ブルーノ・シュルツの世界』（編著、成文社）、『ユーラシア世界2　ディアスポラ論』（共著、東京大学出版会）など。

訳書に、ボリス・ヴォズニツキ編『ピンゼル』（未知谷）、デボラ・フォーゲル「アカシアは花咲く」（『モンキービジネス』7号所収、ヴィレッジブックス）、アンジェイ・スタシュク「ババダグに向かって（抄訳）」（石井光太責任編集『ノンフィクション新世紀』所収、河出書房新社）などがある。

〈東欧の想像力〉12

メダリオン

2015年12月28日　初版発行　　定価はカバーに表示しています

著　者　ゾフィア・ナウコフスカ
訳　者　加藤　有子
発行者　相坂　一

発行所　松籟社（しょうらいしゃ）
〒612-0801　京都市伏見区深草正覚町1-34
電話　075-531-2878　振替　01040-3-13030
url　http://shoraisha.com/

印刷・製本　中央精版印刷株式会社
装丁　仁木順平

Printed in Japan

 ISBN978-4-87984-341-8 C0397

創造するラテンアメリカ１

フェルナンド・バジェホ『崖っぷち』（久野量一 訳）

瀕死の弟の介護のため母国コロンビアに戻った語り手が、死と暴力に満ちたこの世界に、途轍もない言葉の力でたった一人立ち向かう。

[46判・ソフトカバー・160頁・1600円＋税]

創造するラテンアメリカ２

セサル・アイラ『わたしの物語』（柳原孝敦 訳）

「わたしがどのように修道女になったか、お話しします。」——ある「少女」が語るこの物語は、読者の展開予想を微妙に、しかしことごとく、そして快く裏切ってゆく。

[46判・ソフトカバー・160頁・1500円＋税]

創造するラテンアメリカ３

マリオ・ヂ・アンドラーヂ『マクナイーマ　つかみどころのない英雄』（福嶋伸洋 訳）

ジャングルに生まれた英雄マクナイーマの、自由奔放で予想のつかない規格外の物語。ブラジルのインディオの民話を組み合わせて作られた、近代ブラジル小説の極点的作品。

[46判・ソフトカバー・264頁・1800円＋税]

フラバル・コレクション
ボフミル・フラバル『剃髪式』（阿部賢一 訳）

ボヘミア地方ヌィンブルクのビール醸造所を舞台に、建国間もないチェコスロヴァキアの「新しい」生活を、一読したら忘れられない魅力的な登場人物たちに託して描き出す。

[46判・ソフトカバー・168頁・1500円+税]

フラバル・コレクション
ボフミル・フラバル『時の止まった小さな町』（平野清美 訳）

前作『剃髪式』の後日談を描く中編小説。第二次大戦、共産主義化を経て、チェコは新しい時代に入っていく。しかしそこには、時代に取り残された人々もまた……小さな町と、そこでともに過ごした人々とを、限りない愛惜を込めて描く。

[46判・ソフトカバー・192頁・1700円+税]

安藤哲行
『現代ラテンアメリカ文学併走――ブームからポスト・ボラーニョまで』

世界を瞠目させた〈ブーム〉の作家の力作から、新世代の作家たちによる話題作・問題作に至るまで、膨大な数の小説を紹介。1990年代から2000年代にかけてのラテンアメリカ小説を知る絶好のブックガイド。

[46判・ソフトカバー・416頁・2000円+税]

東欧の想像力 10

メシャ・セリモヴィッチ『修道師と死』（三谷惠子 訳）

信仰の道を静かに歩む修道師のもとに届けられた、ある不可解な事件の報。それを契機に彼の世界は次第に、しかし決定的な変容を遂げる……

[46 判・ハードカバー・458 頁・2800 円＋税]

東欧の想像力 11

ミルチャ・カルタレスク『ぼくらが女性を愛する理由』

（住谷春也 訳）

現代ルーマニア文学を代表する作家ミルチャ・カルタレスクが、数々の短篇・掌篇・断章で展開する〈女性〉賛歌。

[46 判・ハードカバー・184 頁・1800 円＋税]

フラバル・コレクション

ボフミル・フラバル『厳重に監視された列車』（飯島周 訳）

1945 年、ナチス保護領下におかれたチェコ。若き鉄道員ミロシュは、ある失敗を苦にして自殺を図るが未遂に終わり、その後もなお、そのことに悩み続けている……

[46 判・ソフトカバー・118 頁・1300 円＋税]

東欧の想像力 7

イェジー・コシンスキ『ペインティッド・バード』（西成彦 訳）

第二次大戦下、親元から疎開させられた 6 歳の男の子が、東欧の僻地をさまよう。ユダヤ人あるいはジプシーと見なされた少年に、強烈な迫害、暴力が次々に襲いかかる。戦争下のグロテスクな現実を子どもの視点から描き出す問題作。

[46 判・ハードカバー・312 頁・1900 円＋税]

東欧の想像力 8

サムコ・ターレ『墓地の書』（木村英明 訳）

いかがわしい占い師に「おまえは『墓地の書』を書き上げる」と告げられ、「雨がふったから作家になった」という語り手が、社会主義体制解体前後のスロヴァキア社会とそこに暮らす人々の姿を『墓地の書』という小説に描く。

[46 判・ハードカバー・224 頁・1700 円＋税]

東欧の想像力 9

ラジスラフ・フクス『火葬人』（阿部賢一 訳）

ナチスドイツの影が迫る 1930 年代末のプラハ。葬儀場に勤める火葬人コップフルキングルは、妻と娘、息子にかこまれ、平穏な生活を送っているが……

[46 判・ハードカバー・224 頁・1700 円＋税]

東欧の想像力 4

ミロラド・パヴィッチ『帝都最後の恋』（三谷惠子 訳）

ナポレオン戦争を背景にした三つのセルビア人家族の恋の物語、三たび死ぬと予言された男をめぐるゴシック小説、あるいは宇宙をさまよう主人公の、自分探しの物語……それらが絡み合った不思議なおとぎ話が、タロットの一枚一枚のカードに託して展開される。

[46判・ハードカバー・208頁・1900円＋税]

東欧の想像力 5

イスマイル・カダレ『死者の軍隊の将軍』（井浦伊知郎 訳）

某国の将軍が、第二次大戦中にアルバニアで戦死した自国軍兵士の遺骨を回収するために、現地に派遣される。そこで彼を待ち受けていたものとは……

[46判・ハードカバー・304頁・2000円＋税]

東欧の想像力 6

ヨゼフ・シュクヴォレツキー『二つの伝説』
（石川達夫、平野清美 訳）

ヒトラーにもスターリンにも憎まれ、迫害された音楽・ジャズ。全体主義による圧政下のチェコを舞台に、ジャズとともに一瞬の生のきらめきを見せ、はかなく消えていった人々の姿を描く、シュクヴォレツキーの代表的中編2編。

[46判・ハードカバー・224頁・1700円＋税]